MW01517386

LE LIÈVRE D'AMÉRIQUE

Née en 1982, Mireille Gagné est une poétesse, nouvelliste et auteure québécoise. Après avoir publié plusieurs recueils de poèmes et de nouvelles, elle fait paraître en 2020 son premier roman, *Le Lièvre d'Amérique*.

MIREILLE GAGNÉ

Le Lièvre d'Amérique

THE SNOWSHOE HARE

LA PEUPLADE

Aujourd'hui, il y a beaucoup de machines. Autrefois, les bras travaillaient dur. Il fallait prévoir, économiser. C'était l'occupation du désir. On se contentait de peu. Mais ce peu avait un prix parce qu'on le tirait presque entièrement de soi-même. Aujourd'hui, quand l'homme travaille, il pense à autre chose.

— FÉLIX-ANTOINE SAVARD

Quand l'temps s'couvre au nord, qu'le vent vient du nordet, qu'les chars crient pis qu'l'horloge change de son, ça veut dire qu'l'mauvais temps s'en vient.

— ROSAIRE GAGNÉ (ISLE-AUX-GRUES)

Le comportement

Le lièvre d'Amérique (*Lepus americanus*) est un petit mammifère de l'ordre des lagomorphes et de la famille des léporidés. Il est largement répandu au Canada et au Québec. On le différencie du lapin par sa silhouette élancée et ses oreilles plus longues. À l'opposé de son cousin le lapin, le lièvre préfère fuir plutôt que de se cacher pour échapper aux prédateurs. Cette particularité comportementale est liée à certaines différences anatomiques, notamment à son cœur volumineux, qui lui permet de courir rapidement et longtemps. Aussi, ses larges pattes recouvertes d'une fourrure abondante lui assurent de se mouvoir aisément sur la neige, comme s'il chaussait une paire de raquettes. Son pelage possède cette étonnante capacité de se transformer, deux fois par année, lors du changement de saison, d'un blanc presque immaculé en hiver à un brun roux en été. Plutôt discret et solitaire, le lièvre d'Amérique s'active du coucher du soleil jusqu'à l'aube ; le jour, il se cache souvent dans des buissons ou sous des tas de bois. Il fait partie des animaux qui dorment le moins. Il sommeille de façon intermittente, les yeux mi-ouverts, et demeure toujours aux aguets.

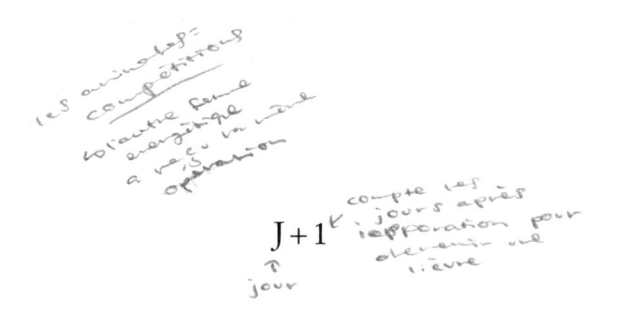

J + 1

Diane se réveille. Ouvre les yeux. Regarde de tous les côtés. Rien n'a changé. Tout est parfaitement à sa place. Il est 18 h 31. Les lampes sur ses tables de chevet sont allumées et diffusent une lumière bleutée. Presque glaciale. Les stores sont tirés. Sa chambre est éblouissante dans sa pureté. Seule une légère pression crânienne lui rappelle l'intervention qu'elle vient de subir.

Alitée, elle fixe le plafond. Compte les murs. Un par un. Chacune des arêtes qui forment le cube de cette vaste pièce.

— Restez couchée le plus longtemps possible, Diane. Vous m'entendez? C'est le protocole. Vous devez attendre au moins une journée avant de bouger le petit orteil. L'important, c'est de vous reposer.

Pourtant, après seulement quelques minutes, elle n'en peut déjà plus. Le plafond lui semble trop haut. Ses murs, trop lisses. Pourquoi n'a-t-elle jamais fait installer de tapisserie? Elle aurait enfin une occupation.

11

Mais non. Tout est ton sur ton. Encore plus blanc que blanc. Ses pensées n'ont aucune aspérité à laquelle s'agripper. Elles virevoltent dans tous les sens, comme des flocons aspirés et recrachés par de violentes bourrasques.

Diane se remémore l'équipe médicale qui s'affairait chez elle il y a moins de vingt-quatre heures. Est-ce que les employés ont laissé des traces derrière eux avant de partir ? Ont-ils sali le plancher ? Déplacé un meuble ? Oublié une seringue ? Un papier ? Une fiole sur le comptoir de la cuisine ? Il était stipulé dans le contrat que rien n'y paraîtrait.

Elle essaie de se détendre, mais son esprit n'est pas tranquille. Ses yeux ont l'air plus vifs qu'à l'habitude. Quand elle tourne la tête, on dirait qu'ils ont agrandi l'angle de sa vision périphérique. Légèrement étourdissant. Ce n'était pourtant pas précisé dans la liste des effets secondaires. Diane se demande si c'est apparent. Sur son visage, est-ce que quelqu'un pourrait noter le changement ? Elle devra s'examiner longuement dans le miroir afin de le vérifier ; le cas échéant, se pratiquer pour camoufler tout signe de l'opération.

Il y a moins d'espace aussi dans sa tête. Ses os ont soudainement pris de l'expansion, mais vers l'intérieur. Son angoisse se fracasse contre les parois de son crâne. Et si la procédure ne s'était pas passée tel que prévu ? Et si elle avait échoué ? Sur les draps tirés, les doigts de Diane pianotent nerveusement à la recherche d'un clavier imaginaire qui saurait enfin l'apaiser.

— N'ouvrez pas la télé. Surtout pas d'écrans pendant

au moins une semaine. Pas de téléphone. Pas de tablette. Pas de travail. Laissez le virus multiplier la cellule dans votre corps.

Désœuvrée, Diane parcourt inlassablement la pièce des yeux en quête d'un exutoire. Soudain, son regard atterrit sur la porte de la chambre. Diane se rend compte qu'elle n'est pas verrouillée. Le petit loquet pointe toujours vers le haut. L'équipe médicale a dû l'oublier. Anxieuse, elle n'arrive pas à détourner les yeux de la sortie. Elle ne retrouvera pas son calme avant d'avoir fermé la porte à double tour.

— Pour que cette opération réussisse, il faut laisser votre organisme s'adapter doucement.

Par tous les moyens, Diane tente de demeurer étendue. Elle en est tout simplement incapable. D'un bond, elle saute du lit. Deux enjambées plus tard, elle verrouille la porte d'un coup de pouce. Elle se surprend de la puissance soudaine de ses jambes. Rapidement, elle revient se cacher sous les couvertures. Mais un vertige l'emporte. Une douleur aiguë lui traverse le corps. La colonne. Le cou. Le cerveau. Une balle qui déchiquette la chair en sortant. Fracassée par la douleur. Elle s'évanouit. À plat ventre. La tête la première. Coule à pic dans le fond de son lit. Le vide.

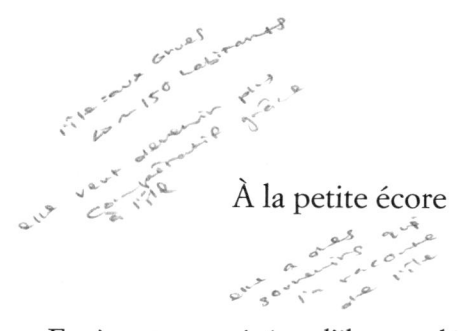

À la petite écore

Eugène, tu es arrivé sur l'île quand j'avais quinze ans. Tu venais d'en avoir seize. Tu étais très grand et bien bâti pour ton âge. On t'en aurait donné presque vingt. Était-ce parce que tu étais roux que je n'arrivais pas à décider si tu étais véritablement beau ou laid ? À mi-chemin entre les deux. Ta peau, constellée de taches de rousseur, jurait avec le rouge de ton gilet, mais ça ne semblait pas te déranger. En fait, rien ne te perturbait. Tes yeux, deux billes noires. Je n'avais jamais vu de pupilles aussi dilatées. Ton visage anguleux et asymétrique était plus hypnotisant qu'agréable à regarder. Je ressentais face à toi à la fois un inconfort et une curiosité insatiables.

Pendant que tes parents se présentaient aux miens, on se fixait intensément, sans parler. Les mots n'arrivaient pas encore à franchir mes lèvres. C'est toi qui as ouvert les vannes en premier.

— Tu savais qu'il y a deux cents espèces différentes d'oiseaux sur l'île ?

Je n'avais encore jamais entendu cette information avant ce jour-là. Je connaissais la majorité des oiseaux vivant sur l'île pour les avoir déjà observés, mais je ne maîtrisais pas leurs noms. Je ne les avais d'ailleurs jamais comptés non plus.

Je t'observais en silence. Tes oreilles n'étaient pas vraiment à la même hauteur de chaque côté de ton visage. Ça te donnait un air encore plus curieux. Je me suis tout de suite dit que tu ne pouvais pas être méchant.

— J'ai lu ça dans un livre. Il paraît même qu'il y a plusieurs espèces en voie de disparition ici. Ils disent que le fleuve crée une barrière pour les protéger. L'île est un sanctuaire.

Tu as prononcé ces quelques phrases en regardant vers le ciel, comme si tu y attendais une réponse. Alors que je cherchais quoi dire, tu as enchaîné.

— Je me demande ce que ça fait en dedans, savoir qu'on est en voie de disparition.

Ces mots ont résonné à l'intérieur de moi au-delà de cette première rencontre.

Tes parents venaient d'acheter la maison à côté de la mienne, tout près de la Pointe-aux-Pins. Cet endroit, le plus haut de l'île, où on a l'impression, en étirant nos bras, de pouvoir ramailler les deux rives du fleuve. J'ai su qu'on deviendrait plus que des amis.

Tu n'étais pas comme tout le monde.

Le lendemain, tu es venu cogner à ma porte comme si on se connaissait depuis toujours.

— Qu'est-ce que tu dirais de m'emmener visiter l'île aujourd'hui ?

C'était la fin des vacances d'été. L'école était sur le point de recommencer. Il nous restait encore quelques jours de liberté avant d'entamer notre dernière année au secondaire. J'ai accepté de jouer la guide avec plaisir. Je connaissais l'île par cœur.

Après avoir déjeuné en vitesse, enfilé mes espadrilles, enfoui des collations et deux gourdes d'eau dans un sac, j'ai franchi la porte la première sous le regard amusé de mes parents. Tu me suivais de près. Le ciel était pommelé. Le vent doux du suroît annonçait une suite heureuse.

Tu avais apporté un petit calepin et un polaroïd, que tu avais suspendu autour de ton cou.

— À quoi ça va te servir, Eugène ?

— C'est pour documenter les espèces qu'on va observer. J'aimerais ça tenir un registre des oiseaux en voie de disparition. Tiens, je vais commencer par toi. C'est quoi ton prénom ?

Alors que je riais, tu m'as prise en photo.

— C'est Diane. D-i-a-n-e.

Tu as attendu que la photo s'éclaircisse en la secouant dans les airs et tu l'as insérée dans ton cahier. En dessous, tu as écrit mon prénom en lettres moulées avec précision. J'étais officiellement en voie de disparition. Était-ce de bon augure ? On s'est mis en marche vers l'ouest. Au bout du chemin asphalté, il y avait un sentier qui coupait à travers la forêt jusqu'à l'extrémité de l'île. On pouvait ainsi rejoindre les jetées après une trentaine de minutes de marche.

Le soleil avait amorcé son ascension dans le ciel ;

il ne faisait pas encore chaud. Sur la peau, le vent se déposait, frais et apaisant. On entendait les cigales trancher à tour de rôle le silence en deux. On a marché sur la route l'un à côté de l'autre, encore timides, puis on s'est engouffrés dans la forêt. Tu me posais une question de temps en temps.

— Est-ce que tu viens souvent te promener dans le coin ? C'est vraiment un endroit exceptionnel… J'ai jamais rien vu de tel ailleurs.

— Oui, c'est ici que mon père tend ses pièges pour la chasse au petit gibier. Je l'accompagne souvent.

Tu m'as d'abord regardée, étonné. Tu as ensuite pris un air renfrogné, comme si je venais de dire une monstruosité. J'ai vite changé de sujet.

— Pourquoi avez-vous déménagé ici ?

— À cause de moi. Mes parents voulaient plus que j'habite en ville.

— Ils ont bien choisi. À l'île, c'est plutôt mortel.

Mais tu ne partageais pas mon avis. Tu n'arrêtais pas de sourire. Tu regardais partout, hypnotisé. On a pénétré davantage dans la forêt. On l'a traversée lentement, en s'arrêtant régulièrement pour que tu puisses prendre en photo une grue, un petit oiseau qu'on surnomme ici les pattes jaunes, un pic-bois, des hirondelles…

À ma connaissance, tu n'as vu aucun animal en voie d'extinction. Pourtant, tu ne m'apparaissais pas déçu, au contraire. Tu notais tout dans ton carnet.

Plus on s'enfonçait dans l'île, plus une question me taraudait. J'avais beau la contenir, elle m'échappait à chaque tournant.

— Mais qu'est-ce qui clochait en ville ? Moi, j'ai tellement hâte à l'an prochain pour enfin partir d'ici.

— Qu'est-ce qui cloche vraiment sur l'île ?

Je n'avais pas su quoi te répondre, Eugène.

J'aurais pu te dire qu'il n'y a réellement rien d'anormal sur cette île. Sauf peut-être la solitude qui s'abat quand l'hiver ne veut plus partir. D'abord toute petite, puis, du jour au lendemain, intolérable. Et le temps qui se morfond. Les insulaires doivent se terrer chez eux. Le sentiment d'oppression aussi qui grandit avec l'étale de la marée. L'attente qui devient insupportable. Des fois, on a l'impression d'être prisonnier, que le plein de l'eau ne veut plus nous quitter.

Mais je m'étais tue.

Un malaise s'est immiscé entre nous. Je ne voulais pas répondre. Toi non plus. Je t'ai alors emmené là. Tu ne t'attendais certainement pas à ça. La grandeur, surgie de nulle part. Après avoir dévalé une colline, nous avons pris un embranchement à gauche et, à cet instant précis, tu as découvert pour la première fois le fleuve dans toute sa splendeur. C'était le montant. La mer était grosse et gagnait rapidement du terrain. Elle moutonnait. La houle nous rappelait notre petitesse. Je t'ai pointé du doigt les roches qui étaient sur le point d'être englouties en face de nous.

— L'eau coupe carré au bout. Il faut se méfier. On appelle ça la petite écore.

Tu as regardé dans cette direction. Puis tu as contemplé la vue panoramique, balayant l'horizon d'ouest en est. Quelque chose a attiré ton attention à gauche.

— C'est quoi le point dans l'eau, là-bas ?

— Ah, ça, c'est le Rocher de l'Hôpital. Mon père m'a raconté qu'on l'appelle comme ça depuis toujours. C'est souvent là que les oiseaux blessés vont trouver refuge.

Tu as souri et tu t'es avancé le plus près possible de l'eau. Tu as regardé droit devant toi, moi à tes côtés, nos pieds enfoncés dans les galets. En observant le fleuve qui montait rapidement au loin, ça donnait une drôle d'illusion de mouvement.

— Tu penses que c'est le fleuve ou l'île qui bouge ?

— Je suis certain que c'est nous. On dérive…

J'ai compris que tu étais ici pour rester.

J - 128

Elle se réveille toujours à la même heure se douche s'habille se prépare déjeune s'en va travailler sept jours sur sept emprunte le même chemin ne parle à personne sauf si c'est pour exécuter une tâche sept jours sur sept ne possède aucune relation en dehors du travail fille unique ça fait au moins quinze ans qu'elle n'a pas vu ses parents ni ne leur a parlé bosse dur toute la journée sept jours sur sept exécute toujours davantage de tâches que les autres ne montre aucun signe de fatigue ni de défaite publiquement n'est jamais satisfaite de son travail ni de celui de ses collègues ou de la direction ne prend jamais le temps de dîner mange une salade sur le coin de son bureau sans vinaigrette relit et peaufine quarante fois ses courriels avant de les envoyer attend toujours une heure après que le dernier employé a quitté avant de s'en aller ne rentre pas tout de suite chez elle s'en va directement au gym où elle travaille méthodiquement chacun de ses muscles rentre très tard à la maison se prépare à souper mange vite fait ne savoure rien nettoie sa vaisselle de la journée se lave de nouveau enfile un pyjama propre se couche dans des draps de soie blancs prend soin de vérifier par deux fois que la porte est verrouillée se relève pour constater que les ronds de poêle sont éteints et se recouche enfin met une éternité à s'endormir ressasse en boucle tous les courriels tous les dossiers toutes les conversations de la journée les analyse en profondeur pour découvrir enfin la faille la faiblesse la faute qui lui tend un piège chaque jour l'empêchant d'éprouver pleinement un sentiment d'accomplissement elle aspire à une vie exempte de toute imperfection elle rêve d'un jour où le temps serait intarissable mais le corps reste indomptable toujours

on est toujours à la recherche
de qui nous sommes

L'alimentation

Principalement herbivore, le lièvre d'Amérique se nourrit surtout, l'été, d'une variété d'espèces de plantes herbacées, notamment de vesces, de fraises, d'épilobes, de lupins et de campanules. Il mange aussi beaucoup de feuilles d'arbustes. En hiver, le lièvre n'hiberne pas. Par grand froid, il cherche refuge dans un terrier qu'il a soit creusé lui-même, soit découvert abandonné par un autre animal. Il grignote tout ce qu'il trouve en matière de végétation comestible : des petites brindilles, des bourgeons, des écorces de conifères ou de feuillus. Comme tous les léporidés, il pratique la cæcotrophie, qui consiste à ingérer certaines de ses déjections partiellement digérées pour en récupérer les derniers nutriments. À court d'options, il peut manger quelquefois de la viande provenant de carcasses d'autres lièvres ou d'animaux morts afin d'obtenir une source supplémentaire de protéines.

J + 2

Diane sort de son sommeil, paniquée. Son cœur bat encore la chamade. Sa respiration est haletante. Ses membres trahissent l'effroi qu'elle vient d'éprouver. À quoi rêvait-elle ? Dans sa mémoire, il ne perdure qu'une trace fine sur la neige bientôt effacée par le vent. Une vague impression de fuite impossible à éclaircir. Elle se rappelle une forêt qui l'entourait. Mais de quoi se sauvait-elle ? De qui ? Elle cherche à reprendre le contrôle sur sa respiration. Regarde son ventre se gonfler et se dégonfler de manière irrégulière. Se pourrait-il qu'elle respire plus vite qu'avant ? Ou est-ce le temps qui semble s'être accéléré ? Elle se relève sur les coudes pour voir si la porte de la chambre est toujours verrouillée. Oui ! Diane se recouche.

Dehors, l'aube vient à peine de se lever. Le cadran indique 5 h 41 du matin. Presque une heure plus tôt que son réveil habituel. C'est drôle, elle ne se souvient pas de s'être endormie la nuit dernière. Elle se

remémore la porte, le verrou, cette migraine lanci-
nante. Puis plus rien. S'est-elle évanouie?

— Si le traitement fonctionne tel que prévu, vous
allez constater les effets rapidement sur votre corps
et vos habitudes de sommeil. Vous devriez dormir de
moins en moins chaque nuit.

Cette fois, Diane est fermement décidée à suivre
le protocole médical à la lettre. Dans son lit, elle se
retourne sur le côté. Sur le ventre. Gonfle son oreil-
ler. Gigote dans tous les sens. Aucune position ne
s'avère véritablement confortable. Après seulement
quelques instants, elle se résigne et s'assoit. Patienter
la rend hautement irritable. La tête lui tourne; le cœur
demeure fragile.

Lentement, elle dépose ses pieds sur le plancher à
côté de son lit. Ça tient. Elle se met debout. Ça tient
encore. Doucement, elle fait le tour de sa chambre,
une fois, deux fois, trois fois, pour voir si ses membres
la soutiennent. Ça va. Elle lève les stores. Ferme les
paupières de douleur. Ne sait pas quoi faire de tant de
lumière. Ses iris sont, de toute évidence, plus sensibles
qu'avant. Elle entrouvre les yeux et les laisse s'habituer
à la luminosité. Dehors, la vie semble être encore endormie. Diane a toujours préféré ce moment de la journée:
l'aube. Cette impression d'être éveillée plus tôt que tout
le monde. D'avoir plus de temps. Plus de contrôle. Un
avantage discret qu'on porte en soi, comme un sous-
vêtement écarlate sous un chemisier opaque.

— Il y aura certainement plusieurs effets secondaires, physiques ou émotionnels, que je vous invite

à noter de manière méthodique tout au long de votre rétablissement. Certains vous paraîtront étranges ou en dehors de la liste des effets signalés. C'est très important de nous en faire part. Ça nous aidera à améliorer le protocole postopératoire. Vous pourrez d'ailleurs m'en parler lors de notre visite de routine, prévue la semaine prochaine.

Diane soupire. Elle se sent beaucoup trop confuse pour consigner quoi que ce soit dans un calepin. Toujours devant la fenêtre, elle observe son quartier. Il n'y a presque pas d'arbres. Un seul arbrisseau rabougri pointe son nez vers le ciel. Il semble avoir trouvé l'hiver drôlement rude. Puis un homme traverse la rue d'un pas pressé. On dirait même qu'il court. À cette heure-ci, revient-il de quelque part ou s'en va-t-il ailleurs ? Voilà qu'il s'engouffre entre deux édifices. Diane en perd la trace. Dommage.

Un grondement sourd la ramène à la réalité. Son ventre. Sûrement la faim. C'est vrai qu'elle n'a pas mangé depuis plus d'une journée. Elle devait être à jeun pendant au moins douze heures avant l'opération. Diane se retourne vers la porte de sa chambre. Alors qu'elle pense naïvement s'avancer, tourner la poignée et sortir, la peur l'envahit. D'un coup, son corps se braque. Une raideur qu'elle n'a encore jamais connue. Du métal à la place des os. Elle rationalise. Tente de se ressaisir. Avec difficulté, avance un pas à la fois. Tout étourdie, elle met enfin la main sur la poignée. Déverrouille la porte et l'ouvre. Les mains tremblantes, elle se répète en boucle :

— Je suis en sécurité. Je suis en sécurité. Je suis en sécurité.

Le temps de se calmer, elle demeure ainsi dans l'entrebâillement de la porte, incapable d'avancer. Elle parcourt le salon des yeux. Tout paraît être à sa place. Aucune trace de l'opération. Aucun oubli. L'équipe médicale a respecté le contrat. Ça la rassure. Elle se dirige lentement vers la cuisine en traînant les pieds pour mieux contrôler son équilibre. Dans le garde-manger, elle prend deux tranches de pain qu'elle insère machinalement dans le grille-pain. Elle ouvre ensuite le frigo. Attrape un contenant de cretons, comme d'habitude. Mais elle a un haut-le-cœur. Elle se ravise et choisit plutôt un pot de confiture de fraises. Elle tartine ses rôties. Au moment où elle s'apprête instinctivement à allumer la télé pour écouter un bulletin de nouvelles, elle se rappelle :

— Aucune forme d'écran pendant au moins une semaine.

Frustration.

Diane mange sans grand appétit. Nauséeuse, elle se prépare ensuite un café. S'assoit dans le fauteuil du salon. Boit à petites lampées. Autour d'elle, tout est rangé, les livres de la bibliothèque par ordre alphabétique. Diane se lève et les examine de plus près. Tant de mots alignés les uns à la suite des autres. Toujours les mêmes qui reviennent, mais dans un ordre différent. Elle ne se souvient plus quand ni pourquoi elle les a achetés. En a-t-elle déjà lu plus de trois ? Elle n'en est même pas certaine.

— C'est très esthétique, lui avait affirmé la décoratrice.

Elle déambule lentement dans son salon. Contemple les œuvres d'art achetées à gros prix qui en tapissent les murs. Diane n'avait jamais remarqué qu'elles représentaient toutes la mer. D'immenses fenêtres qui donnent sur de vastes étendues bleues, certaines houleuses, d'autres étales. Est-ce que la décoratrice les lui avait réellement fait choisir ?

Confinée dans son condo, elle se sent superflue, comme les livres, les peintures, les bibelots qui meublent son appartement. Elle se demande si le personnel de la clinique médicale lui a octroyé un numéro de série.

Elle se rassoit. Son café est devenu froid. Que pourrait-elle faire en attendant ? Aucune idée. Elle n'a jamais eu l'habitude de l'oisiveté. Si seulement elle pouvait déverrouiller son appareil intelligent. Répondre à des courriels. S'entraîner. Ou même jouer à un jeu de patience. Ordonner des blocs par couleurs. Les faire disparaître. Accumuler des points. Elle est certaine que ça la tranquilliserait et relâcherait ses tensions. On dirait que ses muscles sont trop contractés. Elle a beau s'étirer, des nœuds ramènent son corps dans une position étrange. Un bébé naissant encore incapable de se déplier.

— Six jours. Six jours. Six jours. Diane, t'es capable de tenir.

Que font les gens dans leur maison pour se distraire ? Pour tuer le temps ? Chaque fois qu'elle croise un de ses collègues qui quitte le bureau plus tôt que d'habitude en fin de journée, elle se questionne.

Quelles raisons, quels passe-temps, quelles tâches et obligations les accaparent chez eux et leur font quitter le travail prématurément ? Arrivent-ils à supporter le silence ? L'ennui ?

— Prenez du temps pour vous, Diane. Habitez-vous. Apprivoisez tranquillement votre nouvel état. Il existe d'excellentes techniques de respiration et de relaxation pour se recentrer.

Si Diane examinait son état d'esprit en ce moment, tel que le médecin le lui a demandé, elle ne sait même pas ce qu'elle découvrirait. Peut-être de la tristesse. De l'affolement. Certainement de l'angoisse. Une énorme colère. De la panique. Du vide. Du vide. Du vide. Elle n'aurait jamais imaginé tout l'espace qui pouvait l'envahir dans l'attente. Comme si, depuis toujours, elle interprétait le rôle d'une poupée de porcelaine sur le point d'être échappée des mains d'un enfant. La retrouverait-on éclatée en mille morceaux sur le plancher ?

Et si elle s'affairait à quelque chose ? Une toute petite action. Un tout petit rien du tout. Nuirait-elle vraiment à sa transformation ? Soudainement, le fait de réfléchir à l'exécution d'une tâche la tranquillise. La tension diminue. Son corps se relâche. Son cerveau se focalise. Malgré le fait qu'on lui ait répété de ne pas faire d'efforts, elle ramasse des graines par terre. Sûrement des vestiges de ses rôties. Ensuite, elle voit un léger cerne sur le divan. Elle s'empresse d'aller chercher un produit nettoyant pour le faire disparaître. Puis une trace de doigt sur l'écran de la télé. Et ainsi de suite. Elle ne peut s'empêcher d'astiquer son appartement de fond en comble. Le salon. La cuisine. Les armoires. Même celles du haut. Du bas. Le tiroir à ustensiles. La salle de bains. Le bureau. La chambre. Tous les recoins. Les plafonds y passent. Les heures aussi. L'horizon a déjà avalé le soleil depuis longtemps lorsqu'elle va enfin se coucher. Elle n'a presque rien mangé de la journée. Grignoté un craquelin par-ci, une crudité par-là. Pourtant, elle se sent encore plutôt en forme.

— C'est un excellent signe !

Avant d'aller se coucher, longuement, elle se douche. Étrangement, sa peau ne supporte pas autant la chaleur qu'auparavant. Elle ajoute de l'eau froide. Méticuleusement, elle frotte chaque partie de son corps. Rendue à l'entrejambe, elle détecte un poil roux sur son pubis, alors que sa toison a toujours été très pâle. Bizarre. Elle sort à la hâte, prend une pince à cils et l'arrache d'un coup. Elle approche son visage du miroir de la salle de bains. S'examine attentivement. Sa peau a rousselé pendant la nuit, sur le nez et les joues. Ça lui donne un air enfantin. Ses yeux aussi sont différents. Sont-ils plus espacés ? Elle se recule de quelques pas. Observe son corps en détail. On dirait qu'il est moins droit. Plus noueux. Un angle impossible à maintenir. Il faudrait qu'elle liste tous ces changements dans le cahier remis par le médecin, mais elle n'en est pas capable. Pensive, Diane sort de la salle de bains et enfile son pyjama. Elle rentre ensuite dans sa chambre et referme la porte derrière elle. S'assure par deux fois qu'elle est verrouillée. Se relève pour vérifier si les ronds de poêle sont éteints. Ferme de nouveau le loquet de la porte. Se couche dans son lit. Blanc et propre.

Une fois allongée, Diane souffre d'une migraine peu intense. C'est sûrement parce qu'elle ne s'est pas assez hydratée. Aussi, son cœur bat plus vite qu'à l'habitude. Même après un temps de repos, il ne ralentit pas sa cadence. Diane ausculte son corps des pieds à la tête, prisonnière d'une spirale de pensées divergentes. Elle cherche longtemps à s'assoupir. Reste plusieurs heures à fixer le plafond. Elle finit par s'endormir d'un sommeil léger et inquiet vers 1 heure du matin. Elle ne remarque pas que ses yeux demeurent entrouverts. Deux fines lignes blanches transperçant la nuit.

La dépouille de vent

Dès le début de l'automne, tu t'es intéressé à la chasse. Pas pour tuer ; plutôt pour étudier le comportement des bêtes. Tu détournais toujours les yeux s'il fallait achever l'animal.

Insatiable, tu suivais mon père partout lorsqu'il partait chasser ou poser ses collets. Tu prenais tout en note. Quelle oie tirer dans le ciel. À quelle distance, en tenant compte du vent. Comment faire lever les perdrix. Installer des appelants en papier. Relever les signes de la présence d'un lièvre : les ramilles nettement tranchées en biseau, les arbrisseaux à l'écorce rongée, les pistes dans la neige. Le colleter avec du fil en laiton. Combien en tuer pour ne pas décimer la population. Tu avais même convaincu mon père de ne plus pratiquer de chasse fine ni de battue pour que déguerpissent les lièvres. Je crois que c'est parce que ça te laissait plus d'occasions de les sauver une fois colletés.

Tu possédais cet instinct rare de trappeur, celui

qui sait prédire exactement où se terrent les proies, comme un chien de chasse. Tu flairais le sang, la mort. Mon père disait en riant que ton corps pointait. Quelquefois, je te voyais partir à courir dans la forêt. Tu me lançais alors :

— Viens ! J'en ai repéré un !

Je te suivais de peine et de misère. Sauvage, tu sautais par-dessus le chiendent, les arbustes. On aurait dit que tes oreilles entendaient des sons que je ne captais pas. Toujours, tu réussissais à trouver le lièvre qui venait de se prendre dans un collet. Ça rendait mon père fou que tu les libères, mais puisque nous étions amis, il ne te le reprochait pas. D'ailleurs, je n'ai jamais su quel bord prendre : celui de mon père ou le tien.

C'était avant les premières neiges. La rumeur se répandait telle une traînée de poudre parmi les chasseurs. Mon père venait d'entrer en courant dans la maison pour aller chercher ses jumelles.

— Quelqu'un a vu un aigle très rare tourner au-dessus de l'île.

Même mon père semblait n'avoir encore jamais vu cette espèce de rapace. Tu étais sorti toi aussi. Je t'ai suivi. Il ventait fort du nordet. Le mauvais temps approchait. Les bruits ambiants venaient de se transformer. Il y avait un écho en suspension dans l'île. Une deuxième vie, à retardement.

J'ai tout de suite remarqué que quelque chose venait de changer en toi. Ton cahier dans les mains, tu as rapidement bifurqué vers l'ouest.

— Attends-moi !

J'avais beau crier, tu ne m'entendais pas. Incapable de te rattraper, je t'ai suivi de loin. Tu t'es arrêté net au point le plus haut de l'île. Tu as regardé l'horizon, les feuilles des arbres, les nuages, et tu t'es enfoncé dans la forêt.

— Reviens !

J'ai accéléré le pas pour ne pas te perdre de vue. Tu as traversé la forêt d'une traite. Avant d'arriver à la colline qui descend vers la plage, tu t'es accroupi dans les herbes hautes et tu as attendu que je m'approche pour m'ordonner de me planquer moi aussi.

— Vite, dépêche ! Couche-toi !

Je me suis effondrée à tes côtés, épuisée d'avoir tant couru. La tête déposée sur mes bras en croix, je reprenais difficilement mon souffle. Nos coudes, nos pieds se touchaient à peine, mais je sentais une chaleur irradier jusque dans mes os. Ta respiration saccadée tournoyait dans mon ventre. Autour de nous s'étendait un champ abandonné depuis plusieurs années par mon père. Il y avait des roches, des bosquets touffus, des framboisiers, une vieille souche, plein de ferdoches.

— C'est l'endroit parfait pour l'attendre.

Tu en étais certain. Et on a patienté, longtemps, le corps tourné vers le ciel, les mains au-dessus des yeux pour se protéger de la luminosité du soleil. L'attente, droit devant nous. Tu ne détournais jamais le regard. Le soleil commençait à descendre. J'avais faim, froid. Je ne me plaignais pas, pourtant tu as vu mon inconfort. Tu t'es approché de moi et tu m'as frotté les bras pour me réchauffer.

— Lâche pas. Il s'en vient. Je le sens.

Tes yeux se sont alors levés lentement vers moi. Une ascension méticuleuse du regard. Cet instant où le prédateur prend conscience de sa force ; la proie, de sa faiblesse. Trop tard. Je venais de capituler. Alors que tu approchais ton visage du mien, on a entendu un cri perçant. Brusquement, toute ton attention a été attirée ailleurs. Tu as chuchoté :

— C'est lui. Je le savais.

Et il est apparu dans le ciel, majestueux. Je n'avais encore jamais vu cette espèce d'aigle survoler l'île.

— C'est un aigle royal, as-tu ajouté, toi-même bouche bée.

Que pouvait-il faire par ici ? Quel animal avait-il poursuivi ? Tu l'as tout de suite pris en photo à partir de notre cachette et tu as noté son nom dans ton cahier. Même en haute altitude, il avait l'air immense. Ses ailes fendaient l'air, coupantes comme une longue scie à bois. Il tournoyait au-dessus du champ en formant d'amples cercles concentriques. Nous étions cloués au sol, le souffle coupé.

Je me suis demandé de quoi nous pouvions avoir l'air de si haut. Nous avait-il repérés ? À quelle race d'animaux ressemblions-nous ? J'ai commencé à avoir peur. De lui. Tout à coup, je ne me sentais plus en sécurité. Après quelques minutes de vol, il a subitement modifié son parcours. J'ai rentré instinctivement ma tête dans mes épaules. Il a descendu un peu, ses cercles, plus rapprochés, juste au-dessus de nous. Et puis, d'un coup, il a arqué ses ailes et a fondu droit sur nous à une vitesse effarante. Je me suis recroque-villée contre toi, effrayée, mais tu m'as repoussée, sèchement. J'ai fermé les yeux, m'attendant à sentir des serres s'enfoncer dans ma peau. Mais c'est toi qui as crié en premier. De douleur. Une plainte aiguë et puissante qui m'a paru durer une éternité. Quand j'ai rouvert les yeux, je t'ai aperçu, debout. L'aigle se tenait à environ quatre mètres de nous ; un lièvre dans ses serres se débattait dans l'espoir de s'enfuir. Tu t'es approché de l'aigle d'un bond, en hurlant et en frappant dans les mains. D'un battement d'ailes, il s'est reculé en te regardant. Ses yeux certainement aussi grands que les tiens te fixaient. Vous vous êtes obser-vés ainsi plusieurs secondes, le temps suspendu. Puis l'aigle a lâché le lièvre et s'est envolé lourdement. Ton cri retentissait encore dans mes oreilles.

Tu t'es précipité vers le lièvre, qui ne bougeait plus, terrifié. À genoux, tu l'as pris dans tes bras. L'aigle lui avait arraché de la fourrure ou peut-être cassé des os. Il y avait du sang sur tes mains. Pendant une seconde, je me suis demandé à qui il appartenait. Le lièvre était encore vivant, mais il souffrait.

— Il ne va pas survivre.

Tu répétais ces mots sans cesse.

Je me suis approchée de toi, mais tu m'as repoussée de nouveau, alors que je voulais te prendre la main. Tu as tordu le cou du lièvre d'un coup pour abréger ses souffrances. Je suis demeurée figée devant ta violence, ce geste brusque que je ne t'avais jamais vu exécuter. Des larmes coulaient sans retenue sur mes joues.

— Eugène…

Mais tu étais ailleurs. Tu t'es relevé et, sans même te retourner, tu es parti chez toi. Dans ta main bien serrée, tu maintenais les oreilles du lièvre, son corps ballottant au gré de ta démarche rapide.

Quelques jours plus tard, j'ai remarqué que tu traînais toujours avec toi une patte de lièvre, toute petite, reliée à un porte-clés doré. Tu la tripotais constamment, l'esprit ailleurs. Qu'avais-tu fait des restes de l'animal ? Je n'ai jamais osé te poser la question. Les avais-tu mangés ?

À partir de ce moment, tu t'es éloigné. Ton regard, deux balles de fusil. On aurait dit qu'il y avait une branche morte en toi. Tu empruntais des sentiers si escarpés et sinueux que personne n'arrivait à te rejoindre.

Cette journée-là, je t'ai laissé partir. J'ai descendu la colline pour me rendre au bout de l'île, à l'endroit que tout le monde évite d'habitude, l'écore. Sur ces roches pointues comme des couteaux et surtout très glissantes, pleines de glaise, j'ai observé longtemps le large en furie. Il y avait toute une mer. Aucun bateau à l'horizon. Il aurait fallu être fou pour s'y aventurer. Avec ce vent, n'importe qui aurait été dépouillé par le courant. Mon visage était fouetté par les embruns. Tel un phare, je tenais bon. À la brunante, j'ai regardé le ciel. Aucune trace de l'aigle. Les nuages allongés filaient à toute vitesse.

Il y a de ces jours sur l'île où le vent semble furieux. Il hurle sa rage pendant des heures. Fouette les corps.

Remue les eaux profondes. Même les bateaux doivent prendre les vagues de côté. Et pourtant, le lendemain, rien n'y paraît. Le fleuve se calme pendant la nuit. Le soleil naît de nouveau dans un ciel pur. Ses rayons roses et jaunes font frémir l'eau doucement, comme le contact d'un doigt.

J - 99

Diane ne la supporte pas cette nouvelle employée au boulot qui vient d'être engagée et qui travaille jour et nuit elle ne peut pas l'évacuer de son esprit ne comprend pas comment ni pourquoi cette femme y arrive mieux qu'elle termine au moins deux dossiers de plus par jour rapporte plus d'argent de contrats à la compagnie son patron est tout le temps dans son bureau Diane se demande si cette femme dort véritablement jamais cernée toujours fraîche et dispose d'un esprit aussi acéré qu'un couteau de chasse elle ne perd jamais son sang-froid Diane n'en peut plus de sa beauté de son sens de l'humour de son humanité de son esprit sociable constamment elle lui cherche des poux elle voudrait tant l'entendre échapper un gaz alors qu'elle urine dans les toilettes du bureau Diane la poursuit des yeux l'ausculte l'examine sous toutes ses coutures inspecte ses courriels à la loupe en quête d'une faute d'orthographe de syntaxe de grammaire elle attend même des fois qu'elle parte dîner

à l'extérieur pour fouiller son bureau à son insu elle
éventre sa poubelle son classeur ses dossiers elle scrute
toutes ses notes abandonnées mais ne trouve jamais
rien *nada* tous les collègues l'adorent et la supplient de
se joindre à eux aux cinq à sept organisés par le club
social alors que personne ne l'invite jamais elle un jour
Diane se décide à y aller quand même gênés de sa présence les employés ne lui adressent pas la parole dans
l'espoir de briser la glace Diane consomme beaucoup
trop d'alcool pour une femme qui n'a pas encore soupé
elle entame des conversations sans succès soudain elle
se sent mal et s'éclipse rapidement aux toilettes elle
rate la dernière marche et tombe à quatre pattes sur
le plancher qui arrive beaucoup trop vite elle ne peut
pas se relever assez rapidement et vomit sur les souliers
en cuir verni d'une femme elle se relève encore tout
étourdie les yeux dans ses yeux et la honte l'envahit
c'est elle c'est elle c'est elle dans toute sa splendeur
c'est elle qui l'aide à se relever qui lui lave les mains
le visage qui lui appelle un taxi incognito pour qu'elle
rentre à la maison c'est elle qui ne dit rien à personne
le lendemain pour lui épargner l'humiliation c'est cette
femme la perfection est encore plus insoutenable lorsqu'elle est humaine

Les prédateurs

Le lièvre d'Amérique tente en permanence d'échapper à ses nombreux prédateurs, notamment en comptant sur sa vue à trois cent soixante degrés, ses grandes oreilles à l'ouïe très fine et sa morphologie particulièrement adaptée à la course. Ses longues et puissantes pattes arrière, repliées sous son corps, lui permettent de bondir à tout moment sur une distance de près de trois mètres. Il peut également se déplacer à une vitesse atteignant quatre-vingts kilomètres-heure. S'il se sent menacé, le lièvre d'Amérique fige sur place pour tirer avantage de sa fourrure camouflante. Toutefois, sa principale stratégie de survie consiste à rester en vue d'un ou plusieurs refuges possibles. S'il repère un danger, il ne crie pas, mais tape rapidement le sol du pied. Une fois qu'il est capturé et qu'il craint pour sa vie, il pousse un glapissement puissant rappelant les pleurs d'un bébé, qui surprend parfois les chasseurs au point qu'ils le laissent filer entre leurs mains. En cas d'alerte, le lièvre est capable de demeurer immobile très longtemps, ne prenant la fuite qu'au dernier moment, en zigzaguant pour dérouter le poursuivant ou en bondissant très haut. Certains affirment même qu'il lui arrive de se casser les pattes arrière alors qu'il tente de décamper trop promptement. Très rares sont les lièvres qui survivent plus de cinq ans dans la nature.

J + 3

Encore le même cauchemar. Diane sursaute et ouvre les yeux, aussi anxieuse que la veille. Quelqu'un l'a poursuivie toute la nuit. Elle se remémore un chemin touffu. L'hiver. Des branches de sapin lui frôlant le visage. Il fait froid, mais elle ne le ressent pas vraiment. Ou très peu. Un cri étrange. Comme celui d'un enfant perdu en forêt. Ou était-ce le sien ? La scène fuit devant la réalité. D'un claquement de doigts. Son appartement se superpose au rêve.

Elle regarde son cadran. 4 h 46. Elle a dormi environ une heure de moins qu'hier. Pour la première fois depuis l'intervention, elle esquisse un demi-sourire. Elle se lève et fait quelques pas. Ses jambes sont beaucoup plus solides. Seules ses mains tremblent encore. Elle les lève vers son visage pour leur donner de la contenance. Les raidit, les étire en étoile, mais le tremblotement persiste. Puis elle détourne le regard, agacée.

— En fonction de leur bagage génétique, les humains ne réagissent pas tous de la même manière au traitement. Certains ont des symptômes plus intenses que d'autres, mais ceux-ci s'estomperont au cours des mois à venir.

Diane s'approche de la fenêtre pour échapper au sentiment de terreur qui l'engourdit encore. Elle entrouvre les stores. À l'extérieur, la nuit commence à décliner. La lune essaie tant bien que mal de faire compétition aux lampadaires. Juchée au quatorzième étage de son édifice à condos, Diane scrute toutes les fenêtres. Aucune silhouette à l'horizon. Dans les appartements environnants, les lumières sont encore éteintes. Diane se demande à quoi rêvent tous ces gens profondément endormis. Ou peut-être n'y arrivent-ils tout simplement pas ? Nuit après nuit, leur sommeil prend la forme d'un long tunnel d'où il leur est impossible de s'extirper. Un éboulement dans une mine. Beaucoup trop noir pour repérer la sortie.

Avant l'opération, Diane ne rêvait jamais.

Elle sort de sa chambre, allume les lumières et se dirige vers la cuisine pour se préparer un café. Elle n'a pas bu la première gorgée qu'elle le renverse maladroitement sur le comptoir. Ses mains trépident beaucoup trop. Plus qu'hier, en fait. Elle les dépose à plat sur le comptoir de la cuisine. Ce qu'elle aimerait avoir à nouveau le contrôle sur quelque chose.

Elle déjeune lentement, s'oblige à mastiquer, prenant la peine d'étirer les secondes devant l'ennui. Aussitôt son repas terminé, elle recommence à tourner en rond dans son appartement. On dirait que les murs se sont resserrés sur elle. L'air lui semble vicié.

Elle voudrait ouvrir une fenêtre, mais elle se souvient de les avoir achetées fixes, avec un haut niveau d'étanchéité. Pour le bruit. D'ailleurs, on dirait même que le silence est devenu assourdissant. Il se répercute contre ses tympans et résonne en vrille. Jamais elle n'avait entendu l'écho de son propre corps. Rien n'est synchronisé. Les pulsations de son cœur. Ses pensées. Sa respiration. Sa déglutition. Sa gorge se noue. Sa mâchoire se crispe.

Diane jette un regard vers l'horloge. Il est à peine 8 heures. À cette heure, normalement, elle serait déjà au boulot depuis au moins une trentaine de minutes. Elle aurait déjà réglé de nombreux dossiers. Rallumé et éteint plusieurs feux. Envoyé une tonne de courriels pour démontrer qu'elle travaille plus que tout le monde. Maintenant qu'elle n'a plus aucun pouvoir sur quoi que ce soit, Diane se sent déconstruite.

— Vous devez rester au moins une semaine à la maison sans travailler. Votre cerveau a besoin d'assimiler les changements.

Bien que le médecin le lui ait hautement déconseillé, elle décide de sortir. Juste une petite promenade. Une bouffée d'air salvatrice. Quelques pas. Déambuler dans les rues. Aller dans un café ? Maintenant qu'elle a un but en tête, Diane se sent mieux.

Elle se douche, se maquille, met une couche supplémentaire de fond de teint pour camoufler ses nouvelles taches de rousseur et s'habille. Dans l'entrée, elle lance un dernier regard vers le miroir. Son image la rend perplexe. Il faudrait vraiment qu'elle s'exerce pour que ses yeux paraissent normaux. On la croirait tout droit évadée d'une animalerie.

Elle enfile son manteau et sort. Les sons ambiants l'envahissent. Ils semblent plus forts qu'avant. Comme si quelqu'un avait monté le volume d'un cran à son insu. Elle continue à marcher. S'acclimate tranquillement. Entendre les gens se klaxonner, s'impatienter, se héler la rassure. Elle secoue la tête de plaisir. Incapable de perdre son temps, elle se laisse mener par la routine. Achète un café. Sans lait. Sans sucre. Accélère le pas. Telle une automate, elle se dirige machinalement vers le bureau. Elle emprunte le même chemin. Traverse les mêmes intersections. Marche sur les mêmes trottoirs. Évite les mêmes craques. Les mêmes passants. Sans véritablement s'en rendre compte, elle entrevoit le reflet de sa silhouette dans la porte vitrée de l'édifice de son bureau. Diane pénètre dans la boîte. Personne ne semble surpris de la voir revenir plus tôt que prévu. Tous la connaissent trop bien pour l'imaginer capable de prendre de vraies vacances. D'ailleurs, aucun ne l'avait crue lorsqu'elle avait mentionné un voyage de ressourcement. Deux secrétaires s'étaient même lancé un pari sur un potentiel burn-out ou une chirurgie plastique.

Dans l'exaltation de son retour, elle ne remarque pas que ses collègues l'examinent attentivement de la tête aux pieds. À l'affût du moindre changement. La moindre faille. Un rien démarre une rumeur. Ils notent une certaine agitation dans ses mouvements, par saccades. Une manière inhabituelle de bouger les yeux. Aussi, son port de tête est plus reculé, et ses lèvres sont étrangement serrées par-dessus ses dents. Plusieurs minimes changements l'animent, comme si, pendant sa brève absence, quelqu'un d'autre s'était immiscé dans son corps.

Avant de s'engouffrer dans son bureau, Diane échange un regard soutenu avec sa rivale. L'instant d'une fraction de seconde, elle perçoit même chez elle un léger sourire de connivence, qu'elle balaie rapidement de la main. Diane s'assoit directement sur sa chaise, impatiente d'ouvrir son ordinateur et sa boîte de courriels. Elle éprouve un soulagement lorsqu'elle entend le *bip* caractéristique de l'ouverture de son portable. Elle sourit. Diane se sent à sa place, ici. Son pied dans la bonne empreinte. Plus ses doigts tapent sur le clavier, plus ses idées se remettent en ordre. Elle aime ce moment où elle aligne les lettres à l'écran pour réduire le chaos autour d'elle. Elle jubile à l'idée d'être indispensable.

Diane bosse dur toute la journée. Remet sur les rails plusieurs dossiers. Échange quelques mots avec des collègues à propos d'un problème avec un fournisseur. À l'heure du dîner, alors que tout le monde tente encore de trouver la cause de son retour précipité, elle se voit dans l'obligation d'inventer une raison bidon. L'annulation de la réservation de son voyage. Son retour à la maison. La perte de temps. Pourquoi ne pas revenir au bureau. Prendre des vacances plus tard pour pouvoir en profiter pleinement.

Vers 17 h 30, son patron fait irruption dans son bureau.

— Bonjour, Diane. Déjà de retour ?

Diane relève la tête, étonnée, et regarde son patron dans les yeux. Il ne lui avait jamais adressé la parole aussi amicalement. Elle est même surprise de savoir qu'il se souvient de son prénom. Il l'observe étrangement.

— As-tu changé de coiffure ? De couleur de cheveux ? N'avais-tu pas des lunettes, avant ?

Elle reste bouche bée. Fixe son patron. N'arrive pas à trouver les mots justes pour lui répondre. Celui-ci l'examine attentivement. Suspend son regard à son entrejambe, sa poitrine. Il tourne autour de sa chaise. S'approche. S'éloigne. Diane se sent étourdie. Elle remarque une drôle d'odeur émanant de lui. Persistante. Qui rappelle l'urine et les produits nettoyants dans les toilettes. Alors qu'il se penche vers elle, comme pour lui dire un secret, le téléphone sonne.

— Je dois le prendre, désolée.

Son patron se relève brusquement, interrompu dans son élan, et recule de quelques pas. Avant de franchir la porte, il esquisse un étrange rictus qui ressemble au sourire d'une hyène. Diane sent un frisson la traverser des pieds à la tête. Le malaise persiste après son départ.

Elle continue quand même de travailler assidûment. Les uns après les autres, les employés quittent le bureau. Satisfaite, avant 20 heures, elle éteint enfin son ordinateur. Normalement, elle aurait ressenti la fatigue bien avant. Normalement, son cerveau aurait ralenti aux alentours de 19 heures. Il aurait alors commencé à faillir. Normalement, il lui aurait fallu rentrer. Mais aujourd'hui est un autre jour ; aujourd'hui est un moment de grâce. L'opération a réussi. Elle en a la preuve. Diane n'a éprouvé aucune sorte de fatigue de toute la journée, ni dans son corps ni dans son esprit. Sa concentration et ses réflexes étaient également accrus. Ce nouvel état lui laisse entrevoir des perspectives hautement prometteuses. Elle réfléchit à tout ce qu'elle accomplira. Toutes les tâches auxquelles elle vaquera. Tous les dossiers qu'elle mènera de front. Tous les échelons qu'elle gravira. Les conseils d'administration dans lesquels elle siégera. Le réseautage auquel elle s'adonnera sans fin. Peut-être se dénichera-t-elle un deuxième emploi ?

Presque en extase, elle se rend directement au gym. Pas de temps à perdre. Elle enfile son costume d'entraînement et entame sa routine. Abdos, poids, étirements. Elle ne s'aperçoit pas tout de suite qu'elle draine une file d'hommes dans son sillage. Ceux-ci rôdent autour de chacun des appareils qu'elle utilise. Certains lancent des répliques aguichantes pour attirer son attention. On dirait un essaim d'abeilles à la recherche d'une reine. Diane ne comprend pas vraiment ce qui leur arrive. Après qu'elle est montée sur un tapis roulant, trois hommes en viennent même aux bousculades. Ils cherchent à courir à ses côtés. Les deux plus musclés gagnent le combat ; le plus petit s'éloigne. Elle met en marche l'appareil et court, court, court. Les hommes à ses côtés aussi, se relayant. Aucun ne lui arrive à la cheville. Aucun ne réussit à la rattraper.

Diane sent un nouveau souffle. Plus fort. Plus résistant. Elle accélère, encore. Repousse ses limites. Normalement, son corps aurait faibli. Normalement, il n'en aurait pas supporté davantage. Mais aujourd'hui est un autre jour ; aujourd'hui est un moment de grâce. Diane continue sa course pendant une heure. Enfin essoufflée, elle stoppe l'appareil et s'éclipse rapidement devant le regard désemparé de plusieurs mâles alpha.

Elle rentre ensuite à la maison, seule. Le temps qu'elle se lave, se mette en pyjama et grignote des noix et un fruit, il est passé minuit. Une fois glissée sous les couvertures, Diane repense à sa journée. À tout ce qu'elle a accompli. À tout ce qu'elle accomplira demain. Comblée, elle ferme les yeux. Mais le sommeil tarde à venir. Et encore une fois, le vide s'agrandit dans son ventre. Le vent, tourmenté, se lève. Il s'infiltre à son insu dans toutes les craques possibles. Dans tous les retranchements. Elle se sent comme un arbre encore plein de feuilles à l'automne, avant les grands vents. Bientôt dénudée.

La grosse mer

Comme ça, tu as commencé à arpenter l'île, en solitaire. Tu entreprenais de longues promenades. Tu partais de la pointe ouest de l'île et tu marchais, marchais, marchais, jusqu'aux battures à l'est. Tu empruntais alors le chemin en terre battue qui relie à marée basse notre île à celle, voisine, qu'on appelle sa sœur jumelle. Mon père avait beau t'avertir des dangers de cette route, tu ne l'écoutais pas.

— Les courants sont forts dans l'archipel, mon gars, ils pourraient te surprendre. Dans le plus creux du chemin, si y a du gros nordet en bas, pis en haut, des rafales de l'ouest, ça gonfle la marée.

Depuis plusieurs jours, le vent hurlait et balayait l'île de long en large avec violence. Personne ne s'aventurait dehors. La lune reprenait le contrôle sur les éléments. C'étaient les grandes marées d'automne, celles qui avalent tout sur leur passage, déchiquettent les débris et les recrachent à moitié digérés. Les oies étaient parmi nous depuis plusieurs semaines déjà.

Jour et nuit, on les entendait, comme un bourdonnement constant. Souvent, un cri surgissait de nulle part, à toute heure du jour ou de la nuit. Une plainte. On sentait qu'elles allaient nous quitter incessamment. Elles étendaient leur long cou à la recherche du signe, de l'appel, qui enfin leur commanderait de s'envoler.

— C'était fou ! Je pense que j'ai failli mourir.

Je t'ai entendu raconter cette histoire aux autres élèves dans la cour d'école. Malgré les grandes marées, tu t'étais aventuré sur le chemin reliant les deux îles.

Tu t'étais arrêté à la deuxième croix, celle qui indique l'endroit où les terres sont au plus bas. La marée les gruge régulièrement à cette période de l'année. Elles sont fracturées, ravagées par de larges fossés naturels qui permettent d'évacuer l'eau pendant le baissant. De chaque côté de la route, il y a des bosquets touffus, des hautes herbes et un arbre mature qui sort de nulle part. Tout le monde se demande comment il peut survivre dans de pareilles conditions.

Tu t'étais assis en plein milieu du chemin et tu avais attendu que la mer monte.

— Je voulais voir ce que ça fait.

Devant les autres, tu prenais un air fier, comme si la peur de mourir t'avait insufflé du courage. Moi, je percevais bien la façade.

L'eau avançait vers toi plus vite que tu ne l'aurais cru. Tu voyais ses remous avaler le foin de mer, le jonc sur les battures, la terre, et finalement ton corps. Tu t'es relevé. Rapidement, l'eau a passé par-dessus tes bottes. Froide. Tu as senti le courant te tirer, t'aspirer. Le chemin s'est évanoui sous les vagues frissonnantes. Il te devenait alors impossible de savoir où mettre les pieds sans tomber dans un fossé. Puis le ciel s'est couvert d'un manteau gris foncé. Il y a eu un gros grêlon de pluie. La mer s'est mise à moutonner. Tu étais frigorifié.

— Je sais, c'est con. J'avais pas pensé que je perdrais la route des yeux et que je pourrais plus bouger.

Non, tu ne l'avais pas prévu. Une fois entouré d'eau, tu as fait quelques pas en avant, en arrière, à gauche, à droite. Tu devais avoir perdu ton sens de l'orientation. Paniqué, tu as perdu pied. Immergé sous l'eau, tu t'es mis à nager. Tu as essayé de retrouver la route, mais le courant était trop puissant et te transportait déjà loin. L'eau tellement froide. Les oies avaient quitté les berges pour se poser dans des champs, plus loin. Tu étais complètement seul. Tu avais sous-estimé les vents dans l'archipel.

Tu as regardé autour de toi, désespéré.

— C'est là que j'ai pensé à l'arbre. Une chance. Sinon, je serais mort noyé.

À une cinquantaine de mètres plus loin, il était là, comme seule résistance au paysage. Tu as puisé dans tes réserves d'énergie et tu as nagé jusqu'à lui. Tes jambes, tes mains, tes bras étaient transis. Transpercés par des milliers d'aiguilles. Les vagues gonflaient la mer tel un drap dans le vent. De peine et de misère, tu as réussi à t'agripper au tronc de l'arbre. L'eau a monté encore. Tu as pu atteindre une branche, puis une autre, et tu as grimpé plus haut en attendant le retrait de la marée. L'eau s'est élevée jusqu'à tes genoux. Les courants avalaient les débris ; les remous t'hypnotisaient. Tu as patienté ainsi une heure ou deux, difficile à dire. Mon père est finalement venu te chercher en chaloupe.

D'un air fendant, tu m'as adressé la parole.

— C'est toi qui as dit à ton père où j'étais ?

Tu étais furieux contre moi, comme si je m'étais interposée entre toi et le fleuve.

— J'aurais pu attendre que la marée descende, Diane. Il n'y avait vraiment pas de quoi s'inquiéter.

— T'es fou ? Tu serais mort d'hypothermie.

— Pis ? Qu'est-ce que ça aurait changé ? Je suis chez moi nulle part !

— Arrête, Eugène !

Qu'est-ce qui s'était passé ce jour-là ? Qu'avais-tu affronté ? On dirait que tu avais eu peur que le fleuve ne t'emporte avec lui, qu'il ne te ramène ailleurs.

Ta disparition momentanée a créé un véritable émoi sur l'île. Foudroyés par la terreur de te perdre, tes parents t'ont enfermé chez eux pendant des jours. Tu n'avais même plus le droit d'aller à l'école. Ils ne te laissaient plus sortir de la maison. Ils ont commencé à planifier votre déménagement.

— On va quitter l'île.

Ces mots résonnaient dans ma tête. Le ressac.

J'ai tenté plusieurs fois de renouer avec toi. Je t'appelais, je t'invitais, mais tu demeurais évasif. Reclus dans l'attente. L'attente d'une marée. L'étale qui ne veut pas partir. Ensuite, l'hiver qui s'installe avec le silence. Le frasil. La mer qui se crème. Le fleuve qui prend.

J - 58

Pour calmer son anxiété de performance et économiser des secondes Diane compte perpétuellement le nombre de pas séparant son appartement de son travail de marches entre chacun des étages de secondes entre son bureau et celui de la femme qu'elle déteste le temps que ça lui prend pour remplir une bouteille d'eau attendre chez le médecin que le photocopieur finisse sa phase de réchauffage elle compte les calories absorbées pour chaque aliment et dépensées sur le vélo stationnaire les murs qui l'entourent les lumières dans son appartement son bureau les craques sur les trottoirs les lettres dans chaque mot qu'elle écrit les fois où elle a joui ses paiements automatisés à venir ses battements de cœur les combinaisons qu'elle peut faire en collant ses doigts deux par deux ses courriels marqués non lus les dossiers traités par jour en comparaison avec sa rivale ses paires de petites culottes les un-deux-trois litres d'eau qu'elle s'entête à boire chaque jour les mouchoirs et carrés de papier de toilette utilisés les cheveux tombés dans l'évier de la salle de bains les gars avec qui elle a couché depuis l'adolescence elle compte pour combler le vide mais le malheur ne se dénombre pas

La reproduction

La saison de reproduction du lièvre d'Amérique, qu'on appelle aussi bouquinage, débute au printemps avec une parade nuptiale qui dure environ vingt-quatre heures. Au cours de cette journée, la hase et le bouquet se déplacent ensemble à la recherche de nourriture. S'ensuivent des intermèdes composés de poursuites mouvementées et de sauts. À l'occasion, la femelle peut même se battre avec un prétendant. Redressée sur ses pattes arrière, comme dans un match de boxe, elle assène jusqu'à cinq coups par seconde à son adversaire. En se défendant ainsi, elle en profite pour évaluer son courtisan. Le gland du clitoris de la femelle est presque aussi gros que celui de la verge du mâle. La première portée, composée d'un à treize lièvreteaux, voit habituellement le jour un mois plus tard. Le lendemain de la naissance des bébés, et parfois même un ou deux jours avant, la hase accueille de nouveau un mâle pendant vingt-quatre heures. Elle possède deux cornes utérines et peut ainsi procréer en superfétation, c'est-à-dire qu'elle peut avoir une nouvelle grossesse dans un utérus qui en contient déjà une. Le cycle se reproduit de deux à quatre fois pendant l'été. Dès leur naissance, les lièvreteaux ont de la fourrure et les yeux ouverts. Ils sont ainsi déjà prêts à fuir à tout moment.

J + 4

Toujours ce vague souvenir de fuite en quittant le sommeil. De plus en plus fort chaque matin. La même forêt. L'hiver. Un cri. Quelqu'un la hèle. Derrière elle. Elle n'arrive plus à bouger. À se retourner. Paralysée. Stratifiée. Elle entend des pas s'approcher. Crissement dans la neige. Murmures. Branches cassées. Elle voudrait voir qui approche. Une ombre. Immense. Une main dans son dos. Mais le mirage s'étiole. Ses yeux voient flou. Elle se réveille. Essoufflée. Chasse les souvenirs oppressants de la nuit.

Le cadran indique 4 h 32. Elle a dormi seulement quelques minutes de moins qu'hier.

— Au début, le nombre d'heures de sommeil va chuter de manière draconienne, à raison d'une à deux heures par jour. Mais vous allez observer une stagnation vers la quatrième ou la cinquième journée. Ne vous en faites pas...

Il est beaucoup trop tôt pour se rendre au travail. Encore la même routine qui se répète. Diane fuit le silence de pièce en pièce. Évite les miroirs. Dans l'attente, elle sent monter en elle une frustration profonde. Elle n'aurait jamais pensé que ça puisse être un enjeu, avoir trop de temps. Elle ne sait pas quoi faire devant l'immensité. Le gouffre est trop béant. Il l'aspire dans la noirceur.

N'en pouvant plus, elle allume finalement la télé. Fait le tour de tous les postes au moins deux fois. Se rabat sur un documentaire animalier. On y aperçoit une des dernières colonies de chiens de prairie dans le sud de la Saskatchewan. Hypnotisée, elle reste debout devant l'écran. Regarde avec intérêt les petites bêtes qui se dressent sur leurs pattes arrière en lançant des cris aigus, qui vagabondent dans un champ, sautant de gauche à droite, qui grignotent par-ci, par-là, disparaissant sous terre momentanément. Sans s'en rendre compte, Diane se met elle aussi à faire des exercices. Des redressements assis. Des pompes. Le documentaire se poursuit. Elle déplace son vélo stationnaire devant la télé du salon. Pédale. Pédale. Pédale. Jusqu'à sortir d'elle-même.

Vers 7 heures du matin, les jambes molles, Diane s'arrête enfin et se prépare pour le bureau. Elle prend une longue douche tiède. Efface toute trace de fatigue. S'habille proprement. Pourtant, elle remarque une dizaine de nouveaux cheveux roux à travers sa tignasse blonde. Hébétée, elle inspecte religieusement sa tête au grand complet avant d'arracher chaque intrus d'un coup sec. Elle se maquille. Toujours deux couches de fond de teint. Déjeune. Et c'est parti. Elle emprunte le même chemin qu'hier. Place ses pieds dans les mêmes traces. Son ombre dans son ombre.

Arrivée au bureau, Diane ne prend pas la peine de saluer qui que ce soit. Elle s'affaire instantanément. Ne voit pas les heures filer. Absorbée par son travail, elle ne prend pas la peine de dîner. Vers 18 heures, son patron s'immisce à son insu dans son bureau. Il la fait sursauter en la saluant. L'odeur revient encore plus forte qu'hier.

— Ça fait combien de temps que vous êtes ici ?

— Quelques minutes. Seulement quelques minutes, dit-il, comme envoûté.

— Qu'est-ce que vous voulez ?

— Ah, je prenais simplement plaisir à t'épier. Tu semblais si occupée. J'aime les employés qui donnent du cœur à l'ouvrage. Tu travailles sur quel dossier avec autant de fougue ?

Diane esquisse un sourire sans se donner la peine de répondre, mais son ventre tremble encore. Est-ce que ses collègues ont déjà quitté les lieux ? Elle lève les yeux vers son patron et observe son visage. Ses yeux aux aguets. Son nez légèrement plissé. On dirait qu'il la hume. Puis, sans avertir, il s'approche d'elle et effleure son épaule avec sa hanche. Diane se lève de sa chaise et recule d'un pas. Son patron s'esclaffe.

— Sois pas farouche, Diane, voyons ! Allez, viens, je t'invite à souper. T'as assez travaillé.

Il décroche son manteau de la patère et le lui tend. Diane se sent obligée. Son patron ne lui a jamais rien offert avant aujourd'hui. C'est sûrement signe d'un avancement de carrière. Elle s'approche avec précaution et lui tourne le dos. Pendant qu'il l'aide à enfiler son manteau, il glisse ses mains lentement sur ses reins. Il l'encercle de ses bras. Diane piétine. Elle n'est pas certaine de savoir si elle apprécie ce contact soudain. Les poils se hérissent sur ses bras. Des frissons lui parcourent l'échine. Elle le repousse d'un coup de bassin. Son patron éclate de rire et lui cède le chemin. Ils sortent de l'édifice devant le regard blasé du gardien de sécurité.

— On va où ?

— C'est une surprise…

Dans le taxi, il ne laisse aucun espace entre elle et lui. Il s'assied et la colle le plus possible en ouvrant les jambes. Diane se fait toute petite sur le siège, croise ses cuisses. Pendant qu'elle regarde la ville lui échapper par la fenêtre, elle sent une angoisse insoutenable l'habiter. Où l'emmène-t-il ? Elle se sent prise au piège. Son patron dépose une main chaude sur son genou. Diane se recroqueville encore plus. Elle fige.

— Ça te dérange pas, dis… ?

Il sourit. Ses dents sont tellement blanches. Tétanisée, Diane n'arrive pas à bouger. Laisse la main de son patron s'enfoncer tranquillement dans sa chair. Un fer chaud sur la peau d'une vache. Ils s'arrêtent devant un steakhouse. Diane se calme. Au moins, ce n'est pas chez lui. En sortant du taxi, il lui tape une fesse en badinant. Diane voudrait tellement se défiler, mais l'idée d'une promotion est si forte qu'elle se convainc de rester. À l'intérieur du restaurant, les serveurs semblent très bien connaître son patron, puisqu'ils ne leur présentent même pas la carte. Rapidement, ils se retrouvent attablés devant un verre de vin rouge et un steak saignant. Diane se tortille sur sa chaise. Son patron, qui l'observe, s'aperçoit que quelque chose ne tourne pas rond.

— Est-ce que ça va ? T'aimes pas la chair tendre ?

Non ! Ça ne va pas du tout. Diane transpire à grosses gouttes. Son regard passe de son patron à son assiette à son patron. L'odeur du steak et des épices la prend à la gorge. Son patron a déjà enfilé plusieurs morceaux dans son gosier. Dégoût total. Après des secondes qui lui semblent interminables, Diane réussit à couper enfin une bouchée de viande. Un filet de sang coule dans l'assiette blanche et se mélange à la sauce. Elle l'engouffre de travers ; le cœur lui lève. Elle redouble d'efforts pour ne pas vomir, respire par la bouche, tente de le mastiquer, mais se résigne. Lançant un petit cri de soulagement, Diane crache sa bouchée dans l'assiette, comme un corps mort, devant le regard ahuri de son patron.

— Je... je... je suis désolée.

Diane balbutie des paroles sans queue ni tête avant de se lever de table en prétextant un inconfort soudain. Elle sort du restaurant, sans donner de meilleure raison, sans dire officiellement au revoir. Fini les avantages. Fini la promotion. Fini les avances. Elle laisse son patron perplexe devant une assiette à peine entamée. Elle hèle un taxi qui s'arrête heureusement aussitôt.

Elle réussit à articuler tant bien que mal son adresse au chauffeur. Gênée, Diane ressent ce besoin irrépressible de s'enfuir jusque chez elle. À toute vitesse. Dans sa bouche, le sang coule encore. Elle sent ses dents déchiqueter la chair. Une résistance insupportable.

Le taxi la dépose devant son immeuble. Elle paie sans dire un mot et sort. Histoire de ne croiser personne, elle emprunte l'escalier plutôt que l'ascenseur. Une fois à l'intérieur de son condo, elle s'enferme à double tour dans la salle de bains et se rince la bouche plusieurs fois. Le goût persiste. Elle se brosse les dents avec ardeur. Rien n'y fait. Elle prend alors une douche. Passe un temps fou sous l'eau à évacuer cette impression de saleté. Après avoir récuré chaque parcelle de sa peau, elle arrête l'eau et prend une serviette propre pour s'essuyer méthodiquement. Sous la lumière halogène de la salle de bains, elle découvre de nouveaux poils roux sur son pubis. Trois. Et une quinzaine de cheveux supplémentaires. Alors qu'elle cherche une pince à cils, son téléphone vibre. C'est son patron. Elle ne répond pas. Un texto apparaît : *Reviens tout de suite au restaurant. Je t'attends. La soirée n'est pas terminée…*

Silence radio. Devant le miroir, Diane reste nue. Elle remarque son regard hagard, la peau distendue de son visage, les taches de rousseur qui s'étendent maintenant jusque sur sa gorge, un certain rictus apeuré qui lui rappelle de vieux films d'horreur américains.

Diane ne répond pas à son patron. Non ! Elle ferme son téléphone, enfile un pyjama et allume la télé. Devant un documentaire animalier sur la chaîne National Geographic, elle enfourche son vélo stationnaire et pédale. Autour d'elle, une légère brise se lève avec un décor de prairie. Le ciel est bleu. Des nuages flottent par-ci, par-là. Son corps se détend. Elle respire plus profondément. Plus lentement. Elle croirait même entendre des oiseaux pépier, sentir le champ de trèfles en fleur et la caresse du soleil sur sa peau. À 2 heures, elle s'endort, toujours en pédalant, les yeux vitreux, à demi ouverts. Quelqu'un qui l'observerait de loin ne soupçonnerait jamais qu'elle dort.

La tempête des corneilles

Tes parents ont vendu la maison à des inconnus vers la fin de l'hiver. Sûrement des étrangers qui arriveraient à bord du bateau dès le printemps. Ton père, lui, avait trouvé du travail en ville. Votre départ était imminent. C'était une question de jours. J'avais entendu ta mère l'expliquer à la mienne.

— On peut pas attendre le bateau. On va partir en avion et se louer un appartement meublé. Le camion de déménagement viendra chercher les gros morceaux au printemps. Il reste des détails à régler.

À partir de ce moment-là, je ne sais pas pourquoi, mais je me suis mise à t'espionner. Le soir, à la brunante, je m'approchais de la fenêtre de ta chambre et j'espérais te voir passer à travers le rideau. Une apparition soudaine. Une photo que je conserverais à jamais dans ma mémoire.

La veille de votre départ, je t'ai appelé à plusieurs reprises. Ta mère, chaque fois, demeurait gentille avec moi. Elle inventait une excuse bidon pour ne pas te faire perdre la face. Elle voyait tous les efforts que je consentais pour te dire adieu.

— Il vient de se coucher, Diane. Je lui dirai que tu as appelé. Je suis certaine qu'il sera content. On a une grosse journée demain. Tu viendras nous voir en ville ?

J'ai raccroché. C'était ma dernière tentative. Je venais de baisser les bras, de desserrer les doigts.

Puis, vers minuit, le téléphone a sonné. Pendant une fraction de seconde, mon cœur s'est arrêté de battre. J'étais certaine que c'était toi. Je me suis levée en courant et j'ai répondu. Au lieu de ta voix, c'étaient les cris de quelqu'un d'autre.

— Le feu est pris ! Le feu dans l'étable au bout de l'île !

C'étaient les voisins d'en bas. Ils demandaient de l'aide à mes parents, que j'ai tout de suite réveillés. Ils se sont habillés en quatrième vitesse et ont sauté sur leur motoneige. Tes parents sont ensuite arrivés pour te déposer chez nous. Ils ont suivi les mêmes traces.

— Vous deux, restez à la maison. Qu'on ne vous voie surtout pas là-bas, ça pourrait être dangereux. Vous avez compris ? Vous restez à la maison !

Mais on a désobéi. Tu m'as quelque peu forcée. Je n'étais pas certaine que c'était une bonne idée. Puis j'ai oublié que c'était probablement risqué, que ce n'était pas un endroit pour nous. J'étais beaucoup trop soulagée de passer du temps avec toi avant ton départ. Mes yeux trahissaient ma peur de te déplaire. Tu as sorti de la garde-robe mes vêtements chauds, mes bottes de skidoo et ma lampe frontale, et tu les as lancés par terre devant l'entrée.

— Habille-toi !

Je sentais ton excitation dans les mouvements saccadés de tes gestes. Je me suis laissé convaincre. Ça faisait tellement longtemps que je ne t'avais pas senti aussi vivant.

— Dépêche-toi ! Vite !

C'était plus un ordre qu'une demande. Je me suis habillée en vitesse. On est sortis. De la neige tombait doucement du ciel. Ça contrastait avec ton empressement. Heureusement qu'il ne faisait pas trop froid. On s'est mis à courir. On en avait pour une bonne trentaine de minutes. Ce n'était pas la première fois qu'on traversait l'île d'ouest en est à la course.

Tu battais le chemin devant. Moi, loin derrière, à bout de souffle.

— Ralentis ! Attends-moi…

Je te voyais disparaître au loin, effacé par les flocons en étoile. La neige crissait sous mes pieds. J'ai failli m'arrêter, abandonner. Pourtant, j'ai persévéré. Je ne pouvais pas te faire ça. Je me suis dit que je me rendrais au moins jusqu'à l'intersection basse ville, haute ville. Je prendrais alors une décision. Je n'étais pas certaine d'avoir la force de te suivre jusqu'au bout. Je goûtais le sang dans ma bouche d'avoir trop couru.

Je ne pensais pas que tu m'attendrais. Je ne t'ai d'abord pas vu, caché derrière la statue de la Sainte Vierge. Tu contemplais le fleuve depuis je ne sais pas combien de temps. Tu semblais absorbé par la nuit et les glaces. La lune était cachée derrière les nuages. Je me suis approchée et j'ai déposé ma main sur ton épaule pour te signaler ma présence. Tu t'es retourné lentement. Dans tes yeux, j'ai vu les battures. Le fleuve qui boucanait. J'ai senti ton corps s'approcher. Ton haleine. Tes lèvres. Ta langue. Le silence.

C'est toi qui as relâché l'étreinte le premier. Tu as pris mes mains et tu y as déposé ton porte-bonheur, le petit porte-clés doré.

— C'est la patte du lièvre que j'ai tué. J'te la donne. Pour la suite.

Doucement, tu as pris mon visage dans ta main. Tu m'as regardée plusieurs secondes sans parler. Puis tu m'as enjoint de poursuivre.

— Allez, il nous en reste plus pour très longtemps.

Subjuguée par ce qui venait de se passer, je t'ai regardé t'éloigner encore une fois. Je sentais la trace de tes doigts sur ma joue, une chaleur animale.

— Diane, suis-moi !

Mes jambes étaient molles ; mon souffle, court. Ma tête tournait. Je sentais encore ton haleine, tes bras. Je me suis remise à courir.

Quinze minutes plus tard, une lueur orange se répandait au loin dans le ciel. L'air semblait presque liquide avec les flocons en suspension. En s'approchant, on a aperçu des tisons virevolter dans les airs sur des dizaines de mètres. Des mouches à feu en plein hiver. C'était un brasier immense. Tu t'es aplati sur le sol en premier.

— Couche-toi ! Il faudrait pas qu'on nous voie.

Je t'ai écouté. Tu as éteint ta lampe frontale, puis la mienne. Nous avons avancé à quatre pattes dans la neige pour ne pas nous faire repérer. À une centaine de mètres, nous nous sommes arrêtés. À plat ventre, nous contemplions l'incendie. Témoins de cette scène d'une beauté, d'une douleur insupportables. Même très loin, on sentait la chaleur s'imprégner sur nos joues.

Je t'ai regardé à ton insu. Ton visage était déformé par je ne sais quelle émotion. Ta peau si blanche, tes yeux ronds, ta bouche serrée, spasmée. On aurait dit que tu ne respirais pas. Une larme a coulé sur ta joue. En tombant, elle a creusé une rigole dans la neige. J'ai détourné le regard.

Au loin, j'ai entrevu nos parents qui regardaient le camion-citerne projeter de l'eau pour protéger la maison attenante. Le vent était sur le point de forcir. C'était de mauvais augure. Je crois que les propriétaires n'essayaient même plus de sauver la ferme. La moitié de l'étable était en flammes, le feu s'était propagé rapidement à l'ensemble du bâtiment. L'hiver, le foin sec.

C'est sûrement toi qui as entendu le cri en premier. Après coup, je me suis demandé pourquoi je ne l'avais pas perçu moi aussi dès le départ. C'était frappant. Les propriétaires devaient être arrivés sur les lieux trop tard. Ils n'avaient sans doute pas pu libérer les animaux. Le feu était trop puissant. La plupart des bêtes devaient être mortes asphyxiées. Mais l'une d'entre elles n'était pas encore morte. Tout le monde l'entendait. Elle. Son cri résonnait dans la nuit comme une machette. On aurait dit qu'elle pleurait.

Je me suis retournée pour te regarder ; tu n'étais plus à côté de moi. Je me suis redressée sur les genoux. J'ai examiné tout autour. Rien. Silence. Aucune trace n'indiquait par où tu étais parti. Je me suis relevée d'un coup et j'ai couru vers mes parents en t'appelant.

— Mais qu'est-ce que tu fais ici, toi ?

Ma mère était furieuse, mais elle m'a quand même serrée dans ses bras et a examiné mon corps pour vérifier si j'étais blessée.

— On est arrivés trop tard, Diane. Il n'y avait plus rien à faire.

Mon père était plus loin. Il consolait le propriétaire de la ferme en lui tapotant grossièrement le dos, comme si c'était la seule chose à faire en guise de réconfort. Celui-ci pleurait, sans se cacher. Il venait de tout perdre, mais on sentait que ce qui le blessait le plus, c'était d'avoir entendu ses animaux mourir.

Je me suis mise à te chercher, partout. J'ai demandé à toutes les personnes présentes si elles t'avaient vu. Elles me répondaient non.

J'étais complètement paniquée. Mais où étais-tu ? Tu avais disparu.

Tes parents ne t'ont pas trouvé. Nous sommes tous retournés dans nos maisons respectives. Les miens ont fouillé la nôtre de fond en comble. Sans succès. Moi, je suis restée assise, muette d'effroi. J'ai repassé chaque seconde de notre soirée au peigne fin dans l'espoir d'élucider ta disparition. T'avais-je dit quelque chose de trop ? Quel éclat dans tes yeux n'avais-je pas remarqué ?

Chacun de notre côté, nous avons attendu l'aube. Personne n'osait avoir la moindre pensée. Dehors, la visibilité se détériorait. Des sorcières de vent tourbillonnaient devant les fenêtres. Il devenait impossible de poursuivre les recherches. Les flocons tombaient dru. La nuit s'étourdissait par tant de blancheur. Je me suis levée pour regarder par la fenêtre, dans l'espoir de voir apparaître une éclaircie. Je ne voyais que mon reflet. C'était sans doute la dernière bordée de l'hiver, la tempête des corneilles, comme on l'appelle ici. Je me suis mise à songer à ces oiseaux noirs. À leur cri qui résonne. Guttural. Les corneilles. Elles seraient bientôt de retour avec les ortolans. On les compterait en attendant le printemps.

J - 34

Des semaines et des semaines et des semaines à sentir de la pression sur ses épaules sa tête dans un étau une fatigue physique et mentale persistante un manque d'énergie de nombreux réveils nocturnes de l'insomnie un épuisement mental une attention déficiente des cauchemars récurrents du bruxisme une perte d'appétit de poids des nausées des crampes répétées des raideurs des lombalgies la nuque tendue des douleurs aux jambes la mâchoire crispée des migraines des acouphènes des vertiges des palpitations cardiaques de l'hypertension un ulcère d'estomac récalcitrant une transpiration abondante la gorge sèche de l'hyperventilation une perte de cheveux des troubles visuels de l'eczéma des trous de mémoire un désintérêt pour tout un désengagement soudain de l'irritabilité une hypersensibilité une tristesse infinie de la froideur dans les gestes de la colère une patience altérée de la tension nerveuse un détachement émotionnel encore plus grand qu'auparavant une dépersonnalisation une perte d'identité des crises d'angoisse et de larmes répétées une spas-mophilie de l'anxiété d'anticipation du zona de l'ap-préhension du pessimisme de la tristesse du mutisme de l'abattement de la déception un manque d'estime de soi plein de culpabilité de la procrastination un sentiment d'échec permanent une perte d'idéaux de confiance des douleurs inexpliquées à la poitrine des allergies une résignation complète de la solitude une sinusite bactérienne chronique du cynisme un surcon-trôle sur tout de l'indécision prononcée un repli sur soi de l'isolement de l'évitement une absence totale d'in-teractions sociales une consommation de café d'alcool de produits stimulants des imprudences sur la route de la frustration beaucoup d'impulsivité de l'hostilité de l'agressivité de la jalousie envers cette femme envers le monde une diminution de l'empathie de la paranoïa une agitation l'impression d'être complètement vidée à l'intérieur lessivée un corps impossible à remplir des pensées suicidaires énormément de pensées suicidaires

Le territoire

Pour établir son territoire, le lièvre d'Amérique se construit un réseau complexe de pistes et de parcours qui sillonnent son habitat sur des distances d'environ cent mètres carrés. Il ne ressent pas le besoin d'élargir son domaine. Été comme hiver, il entretient ses coulées avec soin, prenant la peine d'enlever les branches et les feuilles qui les entravent afin d'échapper plus facilement aux prédateurs. Environ tous les dix ans, la population de lièvres d'Amérique connaît une spectaculaire fluctuation. Son nombre peut devenir extrêmement élevé, soit cinq cents à six cents lièvres par kilomètre carré. Étonnamment, ces périodes d'abondance se produisent à peu près au même moment dans toutes les aires de répartition du lièvre d'Amérique, et ce malgré les distances qui les séparent. S'ensuit toujours une diminution draconienne des populations. Bien que les causes de ce cycle soient encore l'objet de nombreuses interrogations et études, plusieurs spécialistes suggèrent que le manque de nourriture serait l'un des principaux facteurs du déclin des populations de manière cyclique. La prédation, les parasites et les maladies héréditaires sont également parmi les causes possibles de ces fluctuations.

J + 5

4 h 24 du matin. Réveil brutal. Diane est toujours assise sur son vélo stationnaire. Sa tête repose lourdement sur le guidon. Ses mains serrent encore les poignées. Ses jambes continuent de pédaler à un rythme régulier, détachées de son cerveau. Elle déplie difficilement le haut de son corps. Se redresse, vertèbre par vertèbre. Une plaque rouge marque son front. On dirait qu'elle a pédalé toute la nuit. A-t-elle véritablement dormi ?

La télé projette toujours en boucle des images de prairie. Ou plutôt, un chemin de terre serpentant parmi des champs fleuris. À moitié éveillée, Diane se visualise enfourchant un vieux vélo à la campagne. Un vent doux bruisse dans ses cheveux. Elle accélère. Elle passe une, deux, trois vaches qui broutent de l'herbe, paisiblement. Il émane des fleurs une douce odeur printanière. C'est bon. Tiens, une marmotte qui se fait dorer au soleil. Et hop, elle disparaît dans un trou. Diane se sent complètement détendue. Elle roule sans notion du temps, décalée de la réalité.

Puis, frayeur. Un renard apparaît à l'écran. Diane stoppe net. Instinctivement, elle cesse de respirer. Se recroqueville sur son siège. L'animal vagabonde dans un champ. Renifle le sol, à la recherche de quelque chose. Sûrement de la nourriture. Il se met à gratter activement le sol derrière une roche. Enfouit son museau dans le trou. Gratte encore. Finalement, lâche prise. Relève la tête. Le regard. Soudain. Vers l'écran. Vers Diane. Diane dont le corps est pétrifié. Seuls ses yeux arrivent encore à bouger. De gauche à droite. De droite à gauche. Elle observe tout ce qui l'entoure. Revient subitement à la réalité. Assise sur son vélo stationnaire. Dans son salon. Dans son appartement. Dans une tour de la grande ville. Elle essaie de ne pas se laisser avaler par les images. On dirait que le renard s'approche. C'est impossible ! Elle aperçoit enfin la télécommande sur l'accoudoir du sofa. À un mètre seulement. Elle use de toute sa concentration pour faire abstraction de l'écran et du prédateur, et saute sur la manette pour éteindre d'un coup la télé.

Enfin, elle s'affale par terre, reprenant son souffle. Ses jambes sont endolories. Ne se décontractent plus. Elle respire vite. On dirait même qu'elle halète. Tout son corps tremble comme si elle était frigorifiée. Elle frictionne ses mollets, ses cuisses. S'étire. Se dit qu'elle devrait appeler le médecin pour avancer son rendez-vous. Elle n'avait jamais souhaité tous ces comportements étranges des derniers jours. Non. Avant de subir l'opération, elle avait lu et relu la liste des effets secondaires que pouvait causer le traitement. Avait discuté avec de nombreux patients sur des forums à travers le monde. Jamais personne ne lui avait rapporté de telles anomalies. Il est vrai qu'elle n'avait pas suivi le protocole de guérison. Et si le fait d'avoir devancé son retour au travail avait véritablement nui au traitement ? Et si elle restait ainsi pour de bon ?

Diane tente de se raisonner et collige les faits. Plus besoin de dormir autant qu'avant. Beaucoup plus d'énergie et de vitalité. Plus de concentration. Exactement comme on le lui avait promis. C'était la finalité qu'elle désirait. Ne plus jamais être fatiguée. Être capable d'exécuter un plus grand nombre de tâches. Avoir plus de temps. Il est sans doute trop tôt pour conclure au dysfonctionnement. Cependant, au fin fond d'elle-même, elle sait que quelque chose cloche. Son corps, trop fébrile. Une vibration anime chacun de ses membres en permanence. Son cœur, plus fort. Elle entend ses battements pulser jusque dans ses oreilles. Son visage. Ses yeux écarquillés. Apeurés en permanence. Sa peau rousselée.

Diane se met debout avec difficulté. Ses jambes trop arquées d'avoir autant pédalé peinent à la soutenir. Elle se dirige lentement vers la salle de bains pour se laver avant d'aller au travail. Elle se déshabille, laisse choir un par un ses vêtements trempés de sueur. En passant devant le miroir, ses yeux s'accrochent à son reflet. Diane se retourne promptement. S'observe de plus près. Ses cheveux et ses poils sont devenus complètement roux pendant la nuit. Comment est-ce possible ? Elle approche son visage de la glace. Ses yeux semblent plus noirs qu'à l'habitude ; les taches de rousseur, encore plus foncées. Après être restée perplexe pendant de longues secondes, Diane arrache enfin son regard du miroir et s'enferme dans la douche pour occulter ce qu'elle vient de voir. Épuisée, elle tombe dans un état d'engourdissement. Diane laisse couler l'eau le long de son corps. Ne retient plus ses pensées. Remarque à peine qu'elle n'a fait couler qu'un léger filet d'eau chaude. S'imagine plutôt sous la pluie. La laisse s'infiltrer dans les pores de sa peau. Sa chevelure. Sa toison. Perd la notion du temps. Elle se sent mieux. Dénoue chacun de ses muscles. Se secoue. À la limite de la transe, elle arrête l'eau et sort. Elle se sèche et enfile un vieux peignoir.

Avant de quitter la salle de bains, Diane ressent toutefois un léger inconfort. Celui-ci s'amplifie. Un mélange de faim et de douleur. Elle recule d'un pas. Deux. Trois. Une envie soudaine d'aller aux toilettes. Elle s'exécute. Une fois qu'elle a terminé, alors qu'elle s'apprête à tirer la chasse, Diane s'interrompt. Ses doigts restent collés sur la clenche ; ses yeux fixent le contenu de la cuvette. Elle pense tout de suite à des noix. Son ventre gargouille. Elle a faim. Une faim extrême. Elle quitte la pièce et se dirige vers la cuisine. Elle dévore avec voracité des arachides et des fruits séchés. Mais rien ne la comble véritablement. Absorbée par ce manque, elle en oublie même ce qui s'est passé la veille. Elle omet de s'habiller, de se maquiller, de se préparer avant de se rendre au bureau. Diane empoigne sa sacoche, mais n'enfile pas de manteau et sort de son appartement, vêtue de sa vieille robe de chambre en ratine blanche. Sans se laisser distraire, elle se rend directement au travail. Emprunte le même chemin. La même piste. Sous son semblant de fourrure, son corps ne ressent pas le froid. Ses nouveaux cheveux roux contrastent étrangement avec la couleur pâle de son peignoir. Son cerveau n'enregistre pas les chuchotements déplacés des gens, leurs regards hébétés.

Une fois arrivée à destination, Diane pénètre dans l'édifice. Tous les yeux se braquent sur elle. Pourtant, personne ne l'accoste pour l'aviser de son étrange accoutrement. Ses nouveaux cheveux roux. Ses taches de rousseur. Sans doute une cruelle vengeance contre son assiduité au travail. Elle entre dans son bureau, dépose sa sacoche sur son classeur et s'assoit derrière son ordinateur. Toutefois, rien ne se produit.

Rupture.

Elle ne connaît aucun remède à son inertie. Diane demeure muette et immobile devant son écran d'ordinateur. Les courriels non lus. Les secondes, les minutes s'écoulent. Rien ne bouge. Ses doigts ne se synchronisent plus au clavier, ses mots, aux appels entrants. Quelqu'un, quelque chose, a inséré un doigt dans une des craques de Diane et, en tirant pour mieux voir, l'a fendue en deux. Le vent passe au travers de son corps et écorne tout sur son passage. Sans défense contre les autres. Contre elle-même. Ses yeux pleurent, mais elle ne s'en rend même pas compte.

Les collègues apparaissent les uns après les autres pour l'observer derrière la porte vitrée. Certains rient ;

d'autres restent perplexes. Ils finissent tous par secouer la tête et partir. Ils voient là une conséquence directe de sa dépendance au travail. Elle demeure ainsi prostrée pendant plusieurs heures.

Vers la fin de l'avant-midi, son patron, alerté par les collègues, constate lui aussi l'état inquiétant de Diane.

— Retournez au travail ! C'est pas un spectacle de cirque !

Pendant que les employés se dispersent, le patron entre dans le bureau de Diane sans frapper.

— Diane. Diane… Diane !!!

Rien n'y fait. Stoïque, elle fixe toujours son écran d'ordinateur au noir. Il lui prend alors le visage dans la main et la force à le regarder dans les yeux.

— Va voir un médecin. Retourne à la maison. Fais quelque chose. Ça va pas. Ça va pas du tout.

Dans la tête de Diane, les paroles ne font plus aucun sens. Les sons sont tous détachés les uns des autres. On dirait qu'elle ne parle plus la même langue. Elle lance un premier cri strident et fort. Surpris, son patron la lâche et recule d'un mètre. Ensuite, d'étranges sons émanent de la bouche de Diane. Des plaintes qui rappellent un animal dont la patte est prise au piège.

Démuni devant pareil spectacle, son patron regarde autour de lui. Des témoins ? Il repense à la soirée d'hier. Serait-il allé trop loin ? Il balaie rapidement cette idée de sa tête.

— Je t'appelle un taxi. Vite, retourne chez toi !

Le patron lui tend sa sacoche, l'escorte dehors et referme la porte derrière elle. Il n'attend même pas l'arrivée du taxi et l'abandonne à son sort. Diane se retrouve seule à l'extérieur. Son cerveau projette en boucle des images qu'elle ne reconnaît pas. Son instinct, dissocié de sa mémoire, ne la ramène pas à la maison.

Alors que, déboussolée, Diane s'apprête à s'étendre de tout son long sur le trottoir, une corneille crie. Le regard de Diane est happé, elle scrute le ciel. L'oiseau est juché sur un panneau publicitaire. Il croasse vers les passants, comme s'il alimentait une discussion à sens unique. Sur la publicité placardée, Diane aperçoit un chemin qui s'enfonce dans une forêt. Un endroit familier, enfin. Instinctivement, elle se met en marche, zigzaguant vers la station de métro la plus proche, et s'y engouffre. Elle descend les marches par bonds. Soudainement, la proximité du plafond et des murs la rassure. Elle décélère. Direction station Viau, Diane monte dans le métro qui arrive le long du quai, s'assoit dans un coin et patiente sans bouger. Ses yeux grands ouverts enfoncés dans sa boîte crânienne se promènent dans tous les coins. À cette heure de la journée, il y a très peu de gens : un enfant et sa mère, une vieille femme, un itinérant. Personne ne semble pressé. Diane regarde les stations se succéder par la fenêtre, comme si elle appartenait à un autre monde, comme si son image venait de se décoller de la page.

Arrivée à destination, Diane sort du métro lentement, grimpe les marches une par une et pousse précautionneusement la porte tournante. Apeurée, elle hume d'abord l'air, regarde ensuite de chaque côté, avance un pied, puis l'autre. Heureusement, Diane reconnaît au loin le grand dôme argenté. Elle se met en marche dans sa direction. Rapidement, elle est arrivée. Elle ouvre la porte et entre à l'intérieur. Pas de file d'attente. Elle paie son billet d'admission et pénètre dans la forêt laurentienne du Biodôme.

Bien-être. Sérénité. Ça sent les feuilles mortes en décomposition et les champignons. Il y a très peu de visiteurs. La plupart préfèrent les milieux tropicaux. Diane fait le tour du circuit, enfin apaisée. Se laisse bercer par le son des oiseaux, une petite chute d'eau. Son cerveau se remet en marche, ses pensées s'affinent, sa mémoire aussi. Elle se souvient de tout ce qu'elle a fait. Ses cheveux roux. Les taches de rousseur. Le bureau. Pas habillée. Les collègues. Satisfaits. Son patron. Hier. Sa main. Le steak. Le sang. Dans l'assiette. Sur sa peau. La saleté. Elle les efface de sa mémoire.

Alors que personne ne la regarde, elle en profite pour passer par-dessus le muret de sécurité. Elle s'approche d'un bouleau jaune. Son visage touche l'écorce de l'arbre rêche. Ça lui rappelle son enfance. Elle colle son oreille contre le tronc. Elle croirait presque entendre la pulsation de la sève qui monte et qui descend. Diane s'agenouille et prend une poignée de terre dans sa main, la renifle. Elle l'étend sur ses avant-bras, ses joues, son cou, pour effacer son odeur aseptisée. Elle s'enfonce tranquillement dans la forêt à la recherche d'un coin où se mettre à l'abri des regards. Un magnifique sapin baumier se dresse devant elle. Elle casse une brindille et flaire la forte odeur de sapinage qui s'en dégage. Derrière une grosse roche, elle s'assoit et se recroqueville. Ici, le temps n'existe plus. Personne ne peut la déranger. Enfin en paix, elle reste plusieurs heures accroupie, les yeux mi-ouverts, l'esprit aux aguets, mais en sécurité.

En fin de journée, Diane entend des rires au loin. Son esprit s'éveille. Sûrement des employés du Biodôme ou des gardiens de sécurité qui font leur tour de garde avant la fermeture. Elle se camoufle davantage avec des feuilles mortes et de la terre. Les lumières s'éteignent, mais étonnamment ses yeux voient très bien. Le silence est de retour. Seuls des oiseaux de nuit se réveillent tranquillement. Elle décide d'explorer la forêt et ses petits animaux. Elle se lève lentement et s'étire les muscles, la colonne. Elle sort de sa cachette et se met à marcher dans la forêt laurentienne. Elle emprunte les petits sentiers, s'amuse à sauter par-dessus les roches. Un hibou s'envole. Un raton laveur s'éclipse. Elle prend le temps de toucher chacun des arbres. Ferme les yeux. Inspire. Expire. Elle se sent complètement libre, dans son habitat.

Le temps s'écoule, sans frontières. Au petit matin, alors qu'elle ne s'y attend pas, une lumière sortie de nulle part lui transperce l'iris. Puis, un cri :

— Hey, vous ! Stop !

Un garde de sécurité braque une lampe de poche dans sa direction.

— Sortez de là tout de suite !

Subitement, Diane focalise toute son attention.

Danger ! Danger ! Danger ! Au moment où elle pense fuir, le gardien l'attrape par les épaules et la force à sortir. Il l'escorte fermement jusqu'à l'extérieur. Une fois la porte ouverte, il la pousse sur le trottoir. Diane tombe à quatre pattes. En se relevant, elle s'excuse. Baragouine des explications. Fatigue. Endormie. Silence. Ressourcement. Désolée. Mais l'homme n'en a rien à faire.

— On vous laisse une chance cette fois-ci. Mais qu'on vous reprenne pas ici !

Le responsable de la sécurité claque la porte. Diane se retrouve de nouveau seule. Le soleil n'est pas encore levé. Pourtant, maintenant, Diane sait précisément dans quelle direction aller.

Courir le relais

À la barre du jour, alors que le temps venait de se calmir, les voisins se sont regroupés dans la cour de l'école. Leur plan était simple. Faire une battue sur l'île. Agir vite. Diviser les gens en petits groupes. Délimiter les territoires à fouiller.

J'ai levé la main pour arpenter la Pointe-aux-Pins. J'étais certainement la mieux placée pour le faire. Je connaissais chacun de ses recoins, chaque sentier, chaque cachette. Mon père a voulu m'accompagner, comme quand on allait ensemble courir le relais après les grandes marées, mais j'ai refusé. Il n'a pas insisté. Je crois qu'il a compris, à mon regard, que je désirais être seule, car je n'étais pas certaine que la mer me laisserait te ramener.

— Pourquoi ? Pourquoi ? Pourquoi ?

Une fois habillée chaudement, j'ai chaussé mes raquettes et je suis partie à ta recherche. La lune était haute dans le ciel. Elle avait les cornes en l'air. Je me suis enfoncée dans la forêt ; il y faisait encore noir.

Je m'éclairais avec ma lampe frontale, chassant la noirceur devant mes pieds. Puis, avant d'emprunter le chemin qui mène vers la grève, en haut de la colline, je me suis arrêtée. J'ai balayé l'île des yeux. De loin, on ne voyait presque plus briller les lumières sur l'autre rive. Les nuages se paraient des couleurs de l'aurore. Au loin, les montagnes devenaient mates et mauves ; des parcelles de ciel, comme des coups de pinceau, tiraient vers le rose, l'orange, le jaune. Le soleil était sur le point de se lever, c'était une question de minutes. Je me suis assise et j'ai regardé vers l'est, les yeux fermés, pour ne pas pleurer. C'est alors qu'un premier trait de lumière a coupé l'horizon en deux. J'ai ouvert les yeux pour puiser des forces dans son éclat, pétillant à cette heure du jour. Un deuxième et un troisième rayon ont surgi. Puis un pied-de-vent est sorti de nulle part, une main ouverte au-dessus de ma tête.

Je me suis surprise à songer au printemps. À son odeur, celle qui le précède. La neige qui ramollit et assouplit le sol. La glace qui fond en chandelle. J'espérais te trouver ici, à l'endroit où on avait l'habitude de s'asseoir, en haut de la côte, pour regarder l'horizon. On le traçait du bout des doigts, comme un dessin d'enfant en deux dimensions. Un jour, tu m'avais dit, en prenant un air très sérieux :

— Tu sais que la Terre est plate ?

J'ai souri en pensant que tu blaguais.

— Non, c'est vrai. La vie s'arrête passé l'île. On tombe en bas de la Terre quand on dépasse le large.

— Ben oui… Et si c'était vrai, comment tu aurais réussi à arriver jusqu'ici?

Tu ne m'as pas répondu. En fait, tu n'as jamais accepté de me parler de ta vie d'avant. Qu'est-ce que tu avais fui? Qu'est-ce que tu évitais maintenant? Pourquoi avais-tu si peur de quitter l'île?

Assise par terre, toute seule, je me suis mise à pleurer, doucement. Je savais déjà. Tu ne reviendrais pas. Je me suis levée. Après avoir descendu la côte, j'ai pris à droite, dans le boisé. Il fallait pencher la tête pour y entrer. C'est là, sous les grands sapins, que tu libérais le plus de lièvres. D'ailleurs, un collet était tendu, attendant sa proie. Le fil de métal, caché par les brindilles et le sapinage. Il y avait des traces toutes fraîches dans la neige. Le lièvre ne devait pas être loin. Il venait de passer par ici, juste avant moi. Je me suis penchée pour suivre ses empreintes, qui menaient directement sur la grève. Le vent m'a alors saisie à la sortie du bois. Les courants marins le portent et lui insufflent une puissance inégalée ailleurs sur l'île. Il devient presque une extension de la glace.

Les traces s'arrêtaient net. Précisément là où mes pieds étaient posés. Qu'est-ce que le lièvre avait pu penser une fois sorti du bois, exposé au fleuve et au grand vent? Avait-il été avalé par la grandeur? Ou avait-il tout simplement rebroussé chemin? J'ai avancé de quelques pas. Le sol était jonché de grignons. J'ai sauté sur une banquise, puis une autre. Les glaces allaient casser d'un jour à l'autre. Ça se voyait dans la manière chaotique dont elles s'emboîtaient et dans le son que la mer produisait en résonnant dans leurs cavités. C'était une question de jours avant que les grandes marées ne parviennent à décoller les battures.

Incapable de bouger en raison du froid, je contemplais l'horizon. Le temps s'était maintenant déchargé. Plus aucune trace de la tempête sur la grève. Le vent avait tout effacé. Je me suis mise à réfléchir. Et si les glaces cassaient à ce moment précis, sous mes pieds, où m'emmèneraient-elles ? Dériverais-je longtemps avec le courant ? Mon père, mon grand-père l'avaient vécu plus d'une fois alors qu'ils traversaient en canot à glace pendant une tempête. Est-ce qu'on me retrouverait intacte des kilomètres plus loin ?

Et si tu étais parti ainsi, sans laisser de traces, mystérieusement envolé ? Si tu t'étais écarté sur les glaces ? Si tu avais quitté l'île pour rejoindre l'ailleurs ? Pour tomber au bout de la Terre ? Ou peut-être t'étais-tu réfugié sur le Rocher de l'Hôpital, comme ces oiseaux blessés ? J'ai plissé des yeux dans cette direction, mais je ne voyais rien.

Désespérément, j'ai crié ton nom.

— Eugène ! Eugène… Eugène.

Tu ne m'as pas répondu. Tu ne m'as jamais plus répondu. Je suis descendue de la banquise et j'ai rebroussé chemin. Je ne me suis pas retournée avant d'entrer dans la forêt pour voir si tu t'y trouvais miraculeusement. J'ai entendu un affaissement, un énorme craquement. Était-ce la glace qui se cassait, ou moi ? La mer reprenait son dû.

Je suis revenue sur mes pas en suivant mes traces.

Un lièvre venait d'être pris dans le piège. Il criait. Un son étrange, aigu, qui rappelle les pleurs d'un enfant oublié en forêt. Je me suis approchée lentement. Le lièvre a subitement arrêté de bouger. Insondable, les yeux ouverts, il regardait devant lui. Je l'ai soulevé délicatement dans mes mains pour le déposer sur mes genoux. Méticuleusement, je l'ai libéré du collet. J'ai inspecté tout son corps pour vérifier qu'il n'avait rien de cassé. Je l'ai flatté. Il est resté figé pendant plusieurs secondes avant de comprendre qu'il était libre. Il a fait un bond. Un autre. Avant de disparaître sous le sapinage, il s'est retourné vers moi. On s'est regardés pendant un instant, en silence, et il est parti tout doucement.

On ne t'a jamais retrouvé, Eugène. Malgré la battue. Malgré la police qui s'en est mêlée. Malgré les fouilles dans la ferme brûlée. Aucun corps n'a été ramené au printemps par les grandes marées. Ta disparition est demeurée une énigme. Tes parents ont déménagé comme prévu. Moi, j'ai quitté l'île aussitôt que j'ai pu. Une fois au large, je ne suis pas tombée en bas de la Terre. Le traversier a gardé sa trajectoire. Rendue de l'autre côté, j'ai continué vers l'ouest. Je me suis éloignée. Le plus loin possible. J'ai oublié. Les lièvres. Les collets. Les battures. Les chemins. La forêt. L'horizon. L'aube. Les montagnes. Ton baiser. Toi. Moi.

J - 7

Un matin Diane n'en peut plus du stress du surcon-
trôle de sa vie de son travail de ses abysses de ses
pensées aliénantes de son insatisfaction perpétuelle
de sa médiocrité de ses échecs répétés surtout de
cette femme à son travail de son entière perfection
elle ne supporte plus sa présence la comparaison le
fait qu'elle soit plus performante Diane se sent sur
le point de craquer de fond en comble d'éparpiller
ses morceaux dans les draps avant de se lever elle
réfléchit à toutes les manières possibles de mettre
fin à son calvaire il n'y a plus aucune échappatoire
à son néant avant d'aller au travail elle s'arrête à la
quincaillerie pour acheter du fil en laiton elle le glisse
dans sa sacoche marche rapidement jusqu'à son travail ferme la porte de son bureau sort la bobine la
dépose sur son classeur s'assoit sur sa chaise et attend
elle ne sait trop quoi Diane regarde le fil miroiter sous
la lumière halogène le temps s'égare il est presque
midi elle n'a pas encore touché à ses dossiers parlé

à un collègue mais elle les aperçoit tous aller dîner ensemble nouvelle cassure c'est le moment enfin une fois qu'elle croit qu'ils sont tous partis elle déroule au moins trois mètres de longueur avec l'extrémité elle façonne un cercle assez grand pour faire passer sa tête répète trois fois la même opération pour la solidité elle se dirige ensuite vers la patère pour y glisser l'autre extrémité dans laquelle elle forme un nœud mais alors qu'elle est sur le point d'enfiler l'anneau autour de son cou quelqu'un cogne à sa porte c'est elle encore elle la parfaite qu'elle déteste tant sa collègue ouvre la porte sans frapper et l'invite à dîner avec les autres Diane refuse catégoriquement mais la femme la regarde intensément pendant de nombreuses secondes ses yeux passant plusieurs fois de Diane à la patère au collet la femme se met alors à fouiller dans sa sacoche et en sort un cahier de notes qu'elle dépose sur le petit meuble tout près de la porte elle s'en va ensuite sans dire un mot Diane résiste un court laps de temps puis s'en empare avec avidité sur la couverture la photo d'un lièvre sauvage le nom l'adresse le numéro de téléphone d'une clinique médicale appelée Génomixte elle l'ouvre et le feuillette rapidement c'est un genre de journal de réhabilitation Diane ne comprend pas tous les détails jour 1 moins dormi jour 4 concentration accrue jour 6 plus d'énergie jour 7 retour au travail Diane ne réfléchit pas trop longtemps prend son téléphone et compose le numéro indiqué sur la page de couverture c'est réglé le rendez-vous est pris dans une semaine plus aucun retour en arrière possible Diane vit un moment de plénitude à l'idée d'être enfin à la hauteur de l'horizon

Le porte-bonheur

Bien qu'il n'ait aucune valeur commerciale pour sa fourrure et très peu pour sa viande, le lièvre d'Amérique est apprécié par les chasseurs de petit gibier. Au fusil, avec un chien ou par colletage, le lièvre est relativement facile à chasser. Certains le mangent ou conservent sa fourrure ; d'autres préfèrent garder les pattes comme porte-bonheur ou talismans pour éloigner les mauvais esprits. Les pattes arrière sont souvent préférées aux pattes avant en raison de leur grande taille qui serait la marque d'une plus grande puissance. Afin de conserver une patte de lièvre, il faut d'abord la couper net avec un couteau de boucherie ou une scie à os, la faire ensuite tremper dans l'eau chaude savonneuse, la rincer abondamment, couvrir la patte d'alcool dans un bocal et la laisser reposer pendant quarante-huit heures, la retirer et la laver soigneusement avec un mélange de borax et d'eau, la rincer de nouveau et la placer sur une serviette pour laisser l'eau

s'évaporer. Une fois sèche, la patte pourra être entièrement préservée et procurera de la chance à celui qui
veut y croire.

L'appoint de la marée

Dans un sac de voyage, Diane entasse le strict minimum. Une robe. Un pantalon. Des gilets. Des sous-vêtements. Un peu de nourriture. Ses effets personnels. Avant de partir, elle fait le tour de son appartement à la recherche d'un souvenir qu'elle pourrait conserver. Toutefois, elle ne trouve rien. Ce condo, cet espace, qu'elle a payé à gros prix, ne lui ressemble pas. Tellement dépouillé, vertigineux dans toute sa blancheur et sa rectitude. Elle se demande comment elle a pu ne pas s'en apercevoir avant. Il n'y a aucune trace d'elle ici. Même dans le miroir, elle ne se reconnaît plus. Son visage est celui d'une autre. Quelque chose a changé chez elle. Mais quoi, précisément ? Elle a beau chercher, la réponse ne vient pas. À l'intérieur, on dirait qu'il manque des morceaux. Ou plutôt semblent-ils emboîtés différemment, dans un désordre inextricable. Elle se sent décalée. Ses pieds, son corps, sa tête dérivent déjà. Le paysage s'éloigne rapidement. Elle s'assoit devant son ordinateur et ouvre ses courriels.

Déjà cent vingt-huit non lus ; deux cent vingt-quatre notifications. Et ça la frappe en plein visage. L'humain pourra-t-il survivre à ça encore longtemps ?

Diane crée un nouveau courriel destiné à son patron. Comme seul objet : *Du vent*. Dans le corps du texte : *Encore du vent*. Plein de vent tonitruant qui se fracasse contre les murs vitrés du bureau de son patron et qui les fait éclater sous la pression, projetant des débris sur tous ceux qu'elle côtoie sans vraiment les connaître depuis tant d'années. Envoyer.

D'un geste sec, elle referme l'ordinateur et se lève. Sans remords, elle quitte son appartement en claquant la porte. Dehors, l'heure de pointe s'intensifie. On sent l'électricité dans l'air. Avant de monter dans son auto, elle passe à côté d'un sans-abri, assis par terre. Sûrement le même qu'elle croise depuis plusieurs années sans vraiment le voir. Elle s'accroupit devant lui en lui tendant la main.

— Tiens, voici les clés de mon condo. Je te le donne. Habite-le. Habite-le mieux que moi.

L'itinérant la regarde, stupéfait. Ses yeux n'ont sans doute pas encore cligné qu'elle est déjà assise dans son auto. Diane démarre, embraie et roule, roule, roule, encore et encore, pour sortir le plus rapidement possible de la ville. Dans son champ de vision, des immeubles plantés de chaque côté de sa voiture lui indiquent la direction à prendre. Des bouées dans un chenal.

Sur le pont, elle regarde le fleuve s'écouler au-dessous d'elle. La marée descend, elle aussi. Elle se sent comme les eaux qui se retirent lentement des terres après les grandes marées. Il restera beaucoup de débris, mais il fera beau demain.

Diane continue sa route vers l'est sans s'arrêter pendant quelques heures. Le paysage fuit dans le pare-brise tel un film qu'on écouterait en accéléré. Elle ne retient pas les images, contemplative. Le générique finit par arriver.

À la hauteur de l'île, elle prend une sortie vers le nord. Elle se rend directement au quai et stationne pour attendre le prochain traversier. Elle est la première de la file. Diane sort de sa voiture. Le vent. Les chutes en arrière. Les battures. Les montagnes au loin. L'île à mi-chemin. Ça faisait si longtemps qu'un endroit ne lui était pas apparu aussi familier. Jamais elle n'était revenue depuis son départ.

Autour d'elle, le silence est perforé par des milliers de cris d'oies en alternance. La marée est basse, mais elle est sur le point de monter. Diane s'approche tranquillement des battures. Les grands oiseaux s'affairent, plongent leur bec dans la glaise pour arracher de la jarnotte ; certains regardent vers le haut, en quête du vent, en attente d'un cri qui briserait l'horizon. Mais il ne vient pas, pas encore. Ils repiquent alors leur tête plus profondément.

Diane ne se souvenait pas de cette impression de faire entièrement partie du paysage, de la proximité des grandes oies des neiges, comme si elles piétinaient sa peau. C'est sûrement ça qu'elle avait oublié en partant subitement. L'appartenance.

Elle s'assoit sur le rebord du quai, les pieds pendants, et elle attend. La marée monte, tranquillement, avale les battures centimètre par centimètre, repousse le territoire des oies, les obligeant à se rapprocher d'elle, jusqu'à ce qu'il ne reste plus aucune frontière. Et soudainement, elles s'envolent, comme on tire une couverture vers soi. Une première, une deuxième, et tout le domino qui suit. Le ciel s'illumine dans toute sa blancheur. Les cris des oies résonnent, assourdissants. Il s'en faut de peu que Diane ne s'envole avec elles.

Au loin, le traversier approche. Le quai s'anime. Les gens affluent, en quête de nouvelles, des uns et des autres. Diane reconnaît des insulaires, un voisin de ses parents, une cousine. Ils ont vieilli, tout comme elle. La plupart sont sortis de leur voiture et jasent entre eux. Elle rabat son capuchon, enfonce la tête dans ses épaules, espérant ne pas être reconnue. Mais aucun secret ne résiste entre deux lieux. Il n'y a aucune échappatoire, qu'un seul et unique passage.

Même après de nombreuses années d'absence, malgré les changements, on reconnaît ses traits, son visage. On vient la voir. On lui pose une tonne de questions auxquelles elle ne veut pas répondre. Pas tout de suite. On l'inonde de ragots qu'elle ne veut pas entendre. Pas tout de suite.

— Tu sais que tes parents ont quitté l'île l'an passé ?
— Comment ça va à la grande ville ?
— Je savais que tu reviendrais.
— Ils trouvaient la maison trop difficile à entretenir.
— Ça doit faire quinze ans qu'on t'a pas vue.

— Ils ont pas encore trouvé d'acheteur.

— T'es-tu enfin remise de la disparition d'Eugène ?

*

Je. Moi. À ton nom, j'ai figé. J'ai senti mon corps revenir dans le paysage. J'ai aperçu ses fentes. Ses battures fissurées. Depuis combien d'années étais-je ainsi ? Livrée aux grands vents. Vulnérable. Incapable de me ressaisir. De me recoller. Depuis combien de temps n'avais-je pas repensé à toi ? Toi. Ton regard. Moi. Ma défilade. Les battures. Le foin de mer. Ta liberté.

— Vas-tu rester longtemps à l'île ?

— Je dois avoir un double de la clé de votre maison.

— Tes parents aimeraient ça que tu les appelles.

— Je vous vois encore tous les deux, toi pis Eugène, vous promener sur le bout de l'île.

— Tiens, voici la clé. Prends-la. Je viendrai te porter du bois. Es-tu capable de repartir la pompe à eau ?

— C'est tellement triste cette histoire-là.

— On l'a jamais retrouvé.

— Je vais venir te partir la pompe.

— Pourquoi t'es revenue ?

Je n'ai pas su quoi répondre. J'ai serré fort la clé de la maison dans mes mains. J'ai esquivé les questions, comme mon passé. Je suis retournée me cacher, dans ma voiture. J'ai verrouillé les portes, par deux fois, pour être certaine. J'ai fait semblant. Semblant de dormir. Je n'ai pas su quel visage montrer. Quelle réponse

103

donner aux gens. Je venais à peine de me reconnaître, de me retrouver après tant d'années. J'étais beaucoup trop fragile. Il me fallait du temps pour me rapailler.

Le traversier était prêt pour l'embarquement. On m'a fait signe d'avancer. Tel un cortège, on m'a escortée jusque sur le pont, le bateau. On m'a indiqué où me stationner. J'ai éteint le moteur, actionné le frein à main et suis sortie pour regarder l'île, au loin. Ils ont largué les amarres. Le bateau s'est mis à tanguer doucement sous le roulis de la mer. Les moteurs nous ont éloignés du quai. Le capitaine, guidé par les amers, gardait le cap. Je me suis souvenue. Quand j'étais jeune, ce n'étaient pas des bouées qui délimitaient le chenal. De jeunes érables étaient plantés à marée basse pour aider le capitaine à éviter les écueils. Ça me faisait penser à de petites têtes d'homme. Plein de têtes d'homme alignées les unes à la suite des autres pour nous montrer la direction à prendre.

Le temps se répare

Assise sur la véranda de la maison de mon enfance, je respire. Le fleuve glisse entre mes jambes. Mes épaules se décontractent, mon cou se relâche, mes jambes se détendent. J'attends les oies qui devraient se reposer sur les battures d'ici la fin de la journée. Je ferme les yeux et tends l'oreille. Le silence, ou presque. Le fleuve possède un son qui lui est propre, très rapide à la surface, mais lent dans ses profondeurs. Une peau qui se tend et s'assouplit à chaque instant, de manière irrégulière. Je ne l'avais jamais remarqué auparavant, comme s'il respirait lui aussi. Maintenant que je reconnais cette musique, elle emplit toute la véranda, la maison, mon corps.

Je me lève et hume l'horizon. Ça sent la glaise et le jonc cassé, avec une touche saline. La mer devient salée à la pointe est de l'île. Il faudrait que j'y retourne un jour. Peut-être demain.

Dans la maison, rien n'a changé. Mes parents ont laissé ma chambre intacte. Les articles de journaux locaux relatant ta disparition figurent encore sur ses murs. Mes vieux vêtements sont alignés dans mon placard et pliés dans mes tiroirs. On dirait que je ne suis jamais partie. De vieilles photos de moi sont accrochées au mur, comme si je n'avais jamais vieilli. Comment ont-ils fait pour survivre ? Eux aussi avaient perdu leur fille.

J'enfile une veste de laine et sors. C'est la fin de l'après-midi. Il fait encore assez chaud pour rester dehors. Je me retourne et regarde la forêt qui m'appelle. J'emprunte un sentier qui part de la véranda et qui mène jusqu'au bois. Mes parents l'ont délimité par de petites roches blanches. Elles n'étaient pas là avant. Je suis certaine qu'elles luisent dans l'obscurité. J'avance tranquillement, prenant le temps de regarder tout autour.

Arrivée à l'orée de la forêt, je me penche pour entrer. Les branches s'entrelacent au-dessus de ma tête. Des doigts noueux, mais souples. Je continue d'avancer ainsi accroupie, dans un tunnel, puis je débouche sur une vaste clairière. Le bruit de mes pas froissant les fougères prend toute la place autour de moi. L'odeur de décomposition des feuilles, d'humidité et de lichen est apaisante. On dirait que mes parents ont construit ici une chambre. Au milieu, une grande roche plate a été disposée sur le sol. Plusieurs pierres sont empilées de chaque côté en guise de tables de chevet. Sur l'une d'elles, j'aperçois quelque chose de brillant. Je m'approche. C'est une patte de lièvre, la même que tu m'avais donnée, attachée à un petit porte-clés doré. Je l'avais laissée en partant. Je la prends précautionneusement dans le creux de la main et la glisse contre ma joue. Elle est toujours aussi douce, aussi chaude. Je pense à mes parents. À toi.

Je m'étends sur l'une des roches, les yeux portés vers le ciel. Le froid commence à transpercer ma veste. Bientôt, la lune sera haute, et moi je serai étendue dans la nuit, telle une constellation. Je me laisse bercer par le cri des oiseaux nocturnes qui se réveillent et le bruissement du vent qui effleure la cime des arbres. Je ne me rappelais pas à quel point cette mélodie était rassurante. Une accalmie. Je m'assoupis quelques secondes, minutes…

Puis, un froissement de feuilles. Un pas court, léger. Un animal en liberté. Je me relève prestement. J'ai peur. Il fait nuit maintenant ; mes yeux voient très bien. Un rayon lunaire se fraie un chemin entre les branches des grands pins et illumine mes cheveux roux. Je m'avance au centre de la clairière, là où le ciel se dégage, et je vois la lune blanche, comme le soleil de midi. Elle est pleine et des ombres dansent sur sa surface.

J'entends de nouveau des pas derrière. Un craquement. Le sang afflue contre mes tempes. Mes sens sont aux aguets. Je tourne sur moi-même, alerte, et je le dépiste : le lièvre d'Amérique. Sa fourrure rousse et flamboyante. Ses longues oreilles inégales. Son corps contracté par l'instinct de fuir. Il mange les quelques brins d'herbe épars qui ont survécu à l'hiver. J'avance d'un pas. Crac ! Une brindille cassée sous mon pied me trahit. Nous nous regardons intensément, l'animal et moi. Ses yeux noirs, si profonds. Il tente de me flairer. S'avance un peu. Moi aussi. Les frontières tombent.

Lentement, j'enlève ma veste, puis ma chemise, que je laisse glisser sur le sol. Une légère brise fraîche me caresse le dos. Je frissonne. Je me déchausse lentement, me dépars de mes bas, de mes pantalons, de mes sous-vêtements. Ma peau nue, laiteuse et éclatante, comme les restants d'un pelage d'hiver, illumine la forêt. Sauvage, je secoue mes cheveux. Mes poils se dressent. Pendant un instant, je me sens entière ; j'appartiens à l'île, en phase avec ses marées, plus aucune fente, délivrée de toute attache possible. Une renaissance.

*

Le lièvre l'observe toujours. Il s'avance vers elle. Debout sur ses pattes arrière, le museau dans les airs, il la renifle. Un courant électrique lui traverse le corps de bord en bord. Une puissance inouïe. Innommable. Qui prend racine au plus profond de son être. Elle plie les genoux. Regarde autour d'elle.

Puis le moteur d'une voiture. Une portière qui claque. Des voix au loin. Un rire.

Et elle déguerpit, avec le lièvre d'Amérique.

ÉPILOGUE

La légende

Une légende raconte qu'il y a très longtemps des gens habitaient sur la Lune. Une femme en particulier possédait une sagesse incomparable. Elle était grandement appréciée de tous et plusieurs venaient la voir pour bénéficier de ses judicieux conseils. Toutefois, deux femmes, fort jalouses, décidèrent un jour de se débarrasser d'elle. Elles la poussèrent en bas de la Lune. Elle tomba, tomba, tomba jusque sur la Terre, où elle atterrit sur une île. Elle y rencontra ses habitants, qui l'acceptèrent parmi eux. Ils lui donnèrent le nom de Nokomis. Elle vécut ainsi heureuse, prodiguant ses nombreux conseils.

Des années plus tard, elle tomba enceinte et accoucha d'une fille, qu'elle nomma Winona. Sa fille grandit et devint une adolescente d'une rare beauté. Tous les hommes de l'île désiraient l'épouser. Un jour qu'elle se promenait seule dans la forêt, le vent du nordet, qui soufflait sur l'île depuis quelques jours, stoppa net devant sa grâce. À l'insu de Winona, il entreprit de l'observer. À travers le feuillage, il l'espionnait, soulevant ses jupes, ses cheveux, s'infiltrant sous ses vêtements. Puis un jour, n'en pouvant plus il l'attrapa violemment dans ses bras et l'emmena au loin. Dans les montagnes sur le continent, il l'enferma dans une petite cabane et verrouilla la porte pour empêcher qu'elle ne se sauve pendant qu'il soufflait sur la Terre. Paniquée par l'absence soudaine de sa fille, Nokomis se mit à la chercher partout, mais en vain. Winona s'était volatilisée. Nokomis était inconsolable. Elle se mit à prier, à inventer des incantations dans l'espoir de la voir revenir. Un matin, désespérée, elle leva le regard au ciel et supplia le Manitou de l'aider à retrouver sa fille. Elle aperçut alors un grand aigle qui volait au-dessus de l'île. Elle lui cria de descendre. Juché dans un arbre, l'aigle lui demanda pourquoi elle était si triste. Nokomis lui raconta la disparition de sa fille. Il lui dit alors :

— Ne pleure pas. Je sais où est ta fille. Le vent du nordet la tient prisonnière. Il l'enferme dans une cabane, sans eau ni nourriture, pendant qu'il souffle ailleurs sur la Terre. Et quand il revient, il la bat cruellement.

Nokomis était pétrifiée. Elle demanda à l'aigle de l'aider.

— Tu es le seul à savoir où elle habite. Ouvre-lui la porte. J'appellerai le vent du nordet et je l'occuperai pendant que tu la libères.

L'aigle accepta. Nokomis se mit à chanter une très vieille chanson pour attirer le vent. L'aigle s'envola vers les montagnes. Nokomis fredonna longtemps avant que le vent ne lui réponde. D'abord très faiblement, ensuite plus vivement. Elle lui tendit alors un piège. Elle confectionna une grande poupée dotée d'une merveilleuse beauté, qu'elle enfonça à marée basse sur les battures en attendant que le vent la découvre. Une, deux, trois bourrasques. Le vent commença à tournoyer autour de la poupée pour l'emporter. Mais le fleuve se mit à moutonner et à gonfler jusqu'à l'engloutir. Les eaux ne la recrachèrent pas. Le vent furieux souffla sur l'île pour se venger. Il grugea les terres, déracina les arbres. Au bout de trois jours et de trois nuits, fatigué et irrité, il quitta l'île abruptement, laissant les habitants réparer les dégâts.

Plusieurs semaines s'écoulèrent. Un matin, Nokomis entendit un aigle glapir dans le ciel. C'était lui. Il était de retour. Puis une voix, presque éteinte, qu'elle reconnut instantanément. C'était sa fille. Winona apparut devant elle, frêle, fatiguée, malade et sur le point d'accoucher. Nokomis l'emmena chez elle pour la soigner. Winona donna naissance deux jours plus tard à un enfant, mais succomba à son accouchement. Nokomis prit l'enfant dans ses bras, l'emmaillota, le déposa sur le sol dans la forêt et le couvrit d'un panier en osier afin que le vent du nordet ne le retrouve pas. Et elle pleura sa fille, longtemps, laissant l'enfant seul.

Au bout de quelques jours, le bébé, ayant faim, se mit à émettre des sons de plus en plus forts. C'est alors que Nokomis se réveilla de sa stupeur et se dépêcha d'aller voir l'enfant. Elle le prit dans ses bras et le porta à son visage pour le consoler et le rassurer. Cependant, ce n'était pas un bébé qu'elle avait entre les mains, mais un lièvre blanc. Abasourdie, elle se dit que c'était le Manitou qui l'avait punie, car elle n'avait pas donné toute l'attention nécessaire à l'enfant. Alors, elle le berça, berça, berça en lui chantant :

— Mon petit lièvre, mon petit lièvre.

Nanabozo était né, celui envoyé sur Terre par le Manitou pour enseigner la sagesse aux hommes. Pouvant incarner la forme qu'il désirait, il s'était changé en lièvre, d'abord pour se nourrir des herbes fraîches poussant autour de lui, mais ensuite pour punir Nokomis de l'avoir abandonné.

Depuis ce temps, la légende dit que Nanabozo apparaît sous la forme d'un lièvre à ceux qui se sont égarés.

LEXIQUE

Expressions tirées des études linguistiques de Micheline Massicotte intitulées *Le Vocabulaire maritime de l'Île-aux-Grues* et *Le Parler rural de l'Île-aux-Grues* :

À la petite écore : l'endroit sur les battures où le lit du fleuve coule à pic.

Courir le relais : le « relais » désigne toute forme de déchet que la mer apporte à marée haute et laisse choir sur le rivage en se retirant. Les habitants de l'île vont courir le relais pour y trouver des trésors.

De la jarnotte : la racine du jonc.

Des ferdoches : des broussailles ou de jeunes arbres dans la forêt.

Des grignons : des mottes de terre ou de glace durcies par la gelée.

La dépouille de vent : un grand vent qui persiste sur l'île.

La grosse mer : les grandes marées du printemps et de l'automne.

La lune a les cornes en l'air : la lune annonce le mauvais temps à venir.

La lune blanche : la pleine lune.

La lune est cernée : la lune est entourée d'un halo bleuâtre.

L'appoint de la marée : l'étale de la marée.

La tempête des corneilles : la dernière tempête de neige avant le printemps.

Le frasil : la pellicule de glace qui se forme sur le fleuve avant l'hiver.

Le temps est pommelé : le ciel est couvert de petits nuages blancs.

Le temps se morfond : le temps est gris.

Le temps se répare : le temps s'éclaircit.

Le temps vient de se calmir : le temps se calme.

Les ortolans annoncent le printemps : les habitants de l'île appellent « ortolans » les oiseaux qu'on nomme ailleurs « alouettes ».

Une grue : les habitants de l'île appellent « grues » les oiseaux qu'on nomme ailleurs « grands hérons ».

Un grêlon : une pluie soudaine et abondante.

Un pied-de-vent : les rayons de soleil qui transpercent soudainement les nuages à contre-jour.

Une sorcière de vent : un tourbillon de vent.

Merci à Hubert, à Louis, à Lucie, à Madeleine et à Odile de leur soutien constant et le temps qu'ils libèrent pour me laisser écrire. Merci à tous ceux et celles qui ont entretenu avec moi d'étranges conversations à propos de mon univers et de mes personnages.

La légende est une adaptation libre d'une histoire algonquienne racontée par Alanis Obomsawin sur les ondes de la radio de CBC en 1970. Elle relate les origines de Nanabozo.

Source : https://www.cbc.ca/player/play/1527775827

Nanabozo – Nanabozho, Winabozho, Nanabush ou encore Michabou – est une figure mythologique issue des traditions cosmologiques des peuples algonquiens. Polymorphe et sans sexe défini, il ou elle apparaît le plus souvent sous la forme d'un lièvre. Envoyé sur Terre par le Grand Esprit Manitou et parfois lié à la création du Monde, Nanabozo est tantôt enseignant et bienfaiteur des humains, tantôt farceur.

Table